Ludwig Anzengruber

Ein Faustschlag - Schauspiel in drei Akten

Ludwig Anzengruber

Ein Faustschlag - Schauspiel in drei Akten

ISBN/EAN: 9783743644076

Hergestellt in Europa, USA, Kanada, Australien, Japan

Cover: Foto ©Andreas Hilbeck / pixelio.de

Weitere Bücher finden Sie auf **www.hansebooks.com**

Ein Faustschlag.

Schauspiel in drei Akten

von

L. Anzengruber.

Wien 1878.

Verlag von L. Rosner

Tuchlauben Nr. 22.

Personen.

Ferdinand Frank, Fabriksherr.
Gustav, } seine Söhne.
Emil, }
Graf von Rankenstein, sein Schwiegervater.
Störr, Cassier. }
Gangelberger, Comptoirist. }
Johann Bergauer, Werkführer. }
Brummer, } Arbeiter. }
Brüller, } } Sämmtlich bei Frank bedienstet.
Leopold Kammauf, Comptoirdiener. }
Kurz, } Wächter. }
Söld, } }
Ein Diener. }
Johanna, Bergauers Tochter.
Fehringer. }
Cäcilie, seine Frau. }
Jadwiga, } deren Töchter. }
Melitta, } }
Höner, Jadwiga's Mann. } Gäste bei Frank.
Schrei. }
Kielling. }
Margaretha, seine Frau. }
Herr von Pillmann.
Professor Menger.
Minnchen, ein neunjähriges Mädchen.
Springer, ein Stutzer.
Ein Tramway-Conducteur.

Arbeiter, Hauspersonale, Gäste.

Zeit: die Gegenwart. Ort der Handlung: Wien. Dauer derselben: vom Nachmittag des einen Tages bis auf den Morgen des andern.

Erster Act.

(Eine öffentliche Gartenanlage. Bänke. Inmitten der Bühne steht ein Kinderkorb-Wägelchen.) Rechts und links vom Zuschauer aus angenommen.

Erste Scene.

Springer und ein Tramway-Conducteur.

Springer (steht Seite rechts, klemmt das Monocle vor's Auge und sieht in die Coulisse links). Reizend — gottvoller Wuchs — Grazie! —

Tramw.-Cond. (ist von rechts aufgetreten und geht nach links an Springer vorüber).

Springer. He, Sie!

Tramw.-Cond. (bleibt stehen). Ja!

Springer (weist nach links). Diese Dame dort soll das Tagblatt lesen.

Tramw.-Cond. Von mir aus schon!

Springer. So laufen Sie ihr doch nach!

Tramw.-Cond. Fällt mir nicht ein.

Springer. Wofür sind Sie denn Dienstmann?

Tramw.-Cond. Ich bin ja von der Tramway! (geht ab.)

Springer. Herrgott! Von der Tramway. Kein Dienstmann in den öffentlichen Gärten, wo doch Nothwendigkeit — dringliche Nothwendigkeit. (Stürzt nach links ab.)

Zweite Scene.

Professor Menger — eine Stimme hinter der Scene, hierauf Minnchen.

Prof. Menger (kommt von rechts, in die Lektüre eines Buches vertieft, laut lesend). „Und es erscheint sohin, sowohl auf materiellem als auch auf intellektuellem Gebiete die fortschreitende Entwicklung als nicht wegzuläugnende Thatsache. Hemmnisse führen wohl zu einem augenblicklichen Stillstande" — (stößt an das Wägelchen und balanzirt, um dasselbe nicht umzuwerfen und nicht selbst zu fallen.) Sapperment! — Ich merk's! — Was haben wir denn da? He! Wer läßt denn das Kind hier in der Sonne braten und von Fliegen fressen?! Holla, ist denn gar Niemand zur Aufsicht da?

Eine kreischende Weiberstimme (hinter der Scene). Minni, führens den Heinrich aus dem Weg'!

Prof. Menger. Ah, dort sitzt die Kindsmagd an der Seite eines Soldaten.

Minnchen (neunjähriges Mädchen, sehr kurz und übertrieben gekleidet, läuft herzu). Aber Niemand hat der Korb genirt, mein Herr, gerade Sie!

Prof. Menger. Begreiflich, ich wäre beinahe darüber gefallen.

Minnchen. Sie könnten auch besser aufsehen. Ihretwegen mußte ich von Gitta und ihrem Feldwebel weg, und sie sprachen just so schön — (augenverdrehend) von Liebe!

Prof. Menger. Liebes Kind —

Minnchen. Ich bin ein Fräulein.

Prof. Menger. Schon? — Also, mein liebes Fräulein, nehmen Sie es nicht ungütig, aber vielleicht wäre es für alle Betheiligten moralisch gesünder, wenn Ihr Herr Bruder — er ist doch wohl auch schon Herr? — dort wach läge und Sie hier schliefen!

Minnchen. O nein, das verstehen Sie nicht. Wenn Sie jünger wären, möchten Sie wohl auch keine verschlafene Geliebtin. (lachend.) Nicht wahr, nein, mein Herr? (Sie rollt das Wägelchen nach links ab.)

Prof. Menger (sieht ihr nach). Ah ja, die Entwicklung ist eine nicht wegzuläugnende Thatsache! (Nach derselben Seite ab.)

Dritte Scene.

Bergauer und **Johanna** treten von rechts auf.

Joh. Ich werde hier bleiben, Vater. Ich habe Arbeit mitgenommen, um mich bis über die Jausenzeit zu beschäftigen, dann besuche ich ein paar Bekannte.

Berg. (unscheinbar, gedrückt, er trägt einen schwarzen Anzug, der zusammengesucht erscheint, und in dem er sich genirt fühlt). Thu das. Leb' wohl!

Joh. Leb' wohl, Vater!

Berg. (wendet sich). Hanne!

Joh. Ja.

Berg. (kehrt langsam zurück). Was ich Dir sagen wollte, — wenn Du schon unter Bekannten bist, könntest Du gleich ein Wort fallen lassen von wegen — von wegen, ob sie Dir nicht etwa eine Arbeit wüßten.

Joh. Ei, da weiß ich mir genug im Haus.

Berg. Ja, im Haus, freilich. Aber eher, als Du denkst, mußt Du vielleicht wieder in's Putzmachen oder Kleidernähen geh'n.

Joh. Aber warum das, Vater?

Berg. I nun, unser Alter ist todt und der neue Fabriksherr kann sich's ja auch ändern wollen.

Joh. Du fürchtest, er setzt Euch im Lohn herab?

Berg. Hm, so etwas.

Joh. O weh! Da hätte die ganze Herrlichkeit mit einmal ein Ende und ich bin nun schon so hübsch eingewöhnt, meine eigene Frau zu sein. O Du denkst nicht, wie lieb das ist, so ein kleines Hauswesen zu führen, es gibt nichts Lieberes, und ich meine, ich hab' auch die Sache nicht ungeschickt angefaßt. Sag' selbst, war ich eine schlechte Wirthschafterin?

Berg. Nein, Hanne, Du warst eine brave, kleine Hausfrau. Aber, Kind, dem Armen löscht oft die Noth das Feuer und er muß froh sein, wenn ihm von einer Zeit auf die andere der Herd lau bleibt.

Joh. Und wenn ich dann nur die Sonntage frei habe und die ganze Woche über in Arbeit bin, wer füttert meine Vögel, die armen Thierchen, wer begießt meine Blumen am Fenster, die lieben Stöckchen?

Berg. Wer? Brauchst Dir keine Sorge zu machen. Ich werde ohnehin nichts anderes zu thun haben.

Joh. O Du bist falsch. Du denkst, man wird Dich entlassen?

Berg. Ich wollte nur nicht mit der Thüre in's Haus fallen. Ihr Weibervolk seid gleich so erschreckt.

Joh. Es wäre das auch schlimm, jedenfalls das Schlimmste, was uns treffen könnte. Aber Du siehst immer schwarz. Ich glaub' es nicht, daß man Dich, den Werkführer, entlassen wird.

Berg. Kind, man braucht oft gar nicht entlassen zu werden und kann doch nicht bleiben.

Joh. Das versteh' ich nicht.

Berg. Es möchte auch schwer fallen, es Dir zu erkären. Wir Arbeiter haben uns zusammen gethan, um unseres Vortheils wahrzunehmen, und sind wir auch nicht Alle in Allem einig, darüber sind wir's, die Besonnenen wie die Brauseköpfe, daß Keiner bleiben darf, wo man auch nur Einen, seiner Meinung halber, mit einem Fußtritte heimschickt; und der neue Herr ist dafür bekannt, daß er leicht den Fuß hebt.

Joh. Und wäre es da nicht besser, wenn Du als der Besonnenste Dich lossagtest?

Berg. Lossagen? Damit Dir noch ferner das Vergnügen bleibt, selbst Deine Blumen zu gießen und die Vögel zu füttern? Red'st Du, Weiberkopf? Fasten, wenn nichts auf den Tisch kommt, dem Manne keinen Vorwurf machen, wenn es zu nichts führt, das ist Euer ganzer Heroismus und das ist gerade, was man für's Haus braucht. Daran halte Dich. Was wißt Ihr, was den Mann bindet, was ihn viel, ja Alles ertragen macht für's Allgemeine? Lieber hungern, als als falsche Karte ein großes Spiel verderben.

Joh. Vater!

Berg. Was da? Was hast Du? Laß' Dich ansehen! Mitleid? Du, Mitleid mit mir, Deinem Vater? Auch Du — mit Mitleid fängt's immer an ..... Laß' mich das nicht wieder merken, hörst Du, Hanne! Kein Mitleid für Deinen Vater, das laß' Dir gesagt sein! Kein Mitleid. (Ab nach links.)

Vierte Scene.

Johanna dann **Gustav.**

Joh. Ich habe es ja immer geahnt, die Sorge für dieses „Allgemeine“ kann ihn noch selbst in bitt're Noth bringen und nun darf ich es nicht einmal merken lassen, wie weh' mir das thut. Geschieht, was er fürchtet, so bleibt mir nichts übrig, als seine Standhaftigkeit zu loben, damit er getrosten Muthes bleibt, es ist das auch ein Stück von dem Heroismus, wie wir ihn für's Haus brauchen. Ach, die Männer, sie mögen uns Väter, Brüder, Gatten oder Liebste sein, immer haben sie an uns zu belehren und zu erziehen und nie sind sie ganz mit uns zufrieden, sie sollten's doch einmal müde werden, an uns liegt es nicht, wir sind in Manchem klüger wie sie, wären wir's in Allem, wie möchten sie es mit uns aushalten? (Wendet sich und erblickt Gustav.) Ah, wieder —

Gustav (noch im Hintergrunde). Da ist sie. Courage, Gustav! Es sind nun vier Wochen, du darfst es nicht in die fünfte gehen lassen. (Tritt entschlossen vor und grüßt.) Mein Fräulein!

Joh. Mein Herr!

Gustav. Sie müssen mich schon einige Male bemerkt haben.

Joh. Nein.

Gustav. Das heißt, Sie müssen allerdings nicht. Ich meinte nur, Sie könnten.

Joh. Ich entsinne mich nicht.

Gustav. Es ist möglich, denn ich befand mich immer hinter Ihrem Rücken und Sie sehen wenig zurück.

Joh. Gar nicht, es ist das nicht meine Art.

Gustav. Das ist eben das Schöne! — Es sind bereits vier Wochen —

Joh. Was, mein Herr?

Gustav. Daß ich Sie verfolge.

Joh. Mich? Warum? Was haben Sie dazu für Anlaß?

Gustav. Ja, der Anlaß — (bei Seite.) Herrgott, ich hatte mir doch Alles so hübsch zurechtgelegt und einstudirt: So sage ich und so sagt darauf sie — und nun sagt sie von alledem nichts. (laut.) Ich bitte —

Joh. Was wünschen Sie?

Gustav. Ich . . . . Mein Fräulein, haben Sie Zeit?

Joh. Ein wenig.

Gustav. Sehr liebenswürdig. (Deutet auf die Gartenbank.) Wollen Sie vielleicht Platz nehmen?

Joh. (lächelnd). Wenn Sie es erlauben. (Sie setzt sich und nimmt aus ihrem Handkörbchen Wollknäuel und Häkelnadel und beginnt zu arbeiten.)

Gustav. Und mich nun gütigst anhören?

Joh. Ich höre.

Gustav. Ich habe mir sagen lassen, ein honetter Mann — (für sich.) Himmel, sie häkelt, sie kann in diesem Augenblicke von dem alles Glück und alle Seligkeit .... Ja so, Sie weiß ja noch gar nichts davon.

Joh. (aufblickend). Ein honetter Mann —?

Gustav. Ein honetter Mann kann mit honetten Damen — (für sich.) Wie flink diese kleinen Finger sind! — honette Angelegenheiten immerhin honett besprechen. —

Joh. O ja, sehr honett.

Gustav (verzweifelnd). Ja, er muß aber überhaupt reden können! — Sie sehen in mir den einzigen Sohn meines Vaters, das heißt, ich habe noch einen jüngeren Bruder ... Ah, Gott, Sie werden mich für einen Dummkopf halten.

Joh. Aber mein Herr, so sprechen Sie doch um Himmelswillen vernünftig. Was haben Sie mir denn zu sagen?

Gustav. Sie machen mir Muth; das ist so liebenswürdig, wie ich es nur von Ihnen erwartet habe. Erfahren Sie also. Vor vier Wochen bin ich hierher nach Wien gekommen und den Tag nach meiner Ankunft habe ich Sie das erste Mal gesehen. Der Eindruck war ein unauslöschlicher, ich versuchte Sie seitdem immer und immer wieder zu sehen und ich habe Sie gesehen!

Joh. (kehrt ihm den Rücken zu). So von rückwärts?

Gustav. Allerdings, durch kühne Schwenkungen auch manchmal von der Seite.

Joh. Wissen Sie, daß es eigentlich sehr spaßhaft ist, einen so großen jungen Menschen rathlos einem so kleinen Dinge gegenüber zu sehen, wie ich bin, dem man für gewöhnlich nur halben Verstand zuspricht?

Gustav. Ich mag Ihnen allerdings linkisch erscheinen, aber nur der Gedanke, um was es sich für mich in diesem Augenblicke handelt, macht mich dazu. Lassen Sie der Sache nicht mein Benehmen entgelten, ich werde Ihnen ferner keinen Anlaß geben, sondern gerade heraus reden, denn ich denke nicht, daß sich ein Mädchen durch die ehrlichen Absichten eines Mannes beleidigt fühlen kann.

Joh. Was nennen Sie ehrliche Absichten?

Gustav. Was alle Welt so nennt.

Joh. (aufstehend). Also ein „fliegender" Heirats-Antrag.

Gustav. Scherz und Lüge liegen mir gleich ferne, ich spreche ernst und wahr. Ich habe vorläufig keinen Wunsch, als daß Sie sich entschlössen, mich näher kennen zu lernen, damit Sie Vertrauen zu mir gewinnen könnten, das Vertrauen, das ein Weib braucht, um seine Zukunft in die Hände eines Mannes zu legen.

Joh. Ich war der Meinung, daß Sie sich einen Spaß mit mir erlauben wollten, und darum hat es mich im Stillen sehr ergötzt, daß Sie mir mehr gemacht haben, da aber Ihr Antrag ernstgemeint sein soll, so muß ich Ihnen wohl auch ernst darauf antworten. Sie scheinen aus einem wohlhabenden Hause, ich bin ein armes Mädchen, die Tochter eines Werkführers in einer Fabrik, eine Arbeiterin gleich ihm.

Gustav. Sie sagen damit nichts, was einen Mann von Ehre bewegen könnte, sein Wort zurück zu nehmen.

Joh. Unterbrechen Sie mich nicht. Ich darf Ihren Antrag als aufrichtig gemeint nehmen —

Gustav. Ich schwöre es.

Joh. Das ist ganz und gar unnöthig, ich darf Ihren Antrag als aufrichtig gemeint nehmen —

Gustav. Gewiß.

Joh. Aber so hören Sie doch — weil ich dabei nichts riskire, auch wenn ihm diese Eigenschaft abginge, da ich keine andere Antwort geben kann —

Gustav. Als welche?

Joh. Daß zwei Leute in unserem Falle sich an das Sprichwort halten sollen: Gleich und gleich gesellt sich gern.

Gustav. Aber das ist ja urdumm — O ich bitte tausendmal um Entschuldigung, ich meinte das Sprichwort.

Joh. Danke! Thun Sie sich keinen Zwang an.

Gustav. Verzeihen Sie mir, das Wort entfuhr mir im Unbedacht, weil ich dieses Sprichwort hasse, in dem Sinne hasse, in dem Sie es gebrauchen wollen, es ist ein Lügenwort, von einem Philister für Philister erfunden; lassen Sie immer gleich und gleich sich gesellen und sehen Sie zu, was das am Ende gibt! Paaren Sie immer nur reich und reich, arm und arm, immer nur heiter und heiter und ernst und ernst, und es ist bald jede frohe Ergänzung des eigenen Wesens durch das andere, jede freudig überraschende Unähnlichkeit an dem andern, jede freundliche Nachsicht, jedes Opfer, mit einem Worte, es ist die Liebe ganz hinweg getilgt von der Erde. Mag das für Philister ein wünschenswerther Zustand sein, für junge Herzen ist er's nicht, für die bleibt: „gleich und gleich gesellt sich gern“, ein Lügenwort, die gesellen sich reich zu arm und arm zu reich, die Klugheit zur Schönheit, der Frohsinn zum Ernste, und sie werden es so halten, so lange die Welt steht. Aber Jugend zu Jugend und Neigung zu Neigung, das ist auch eine Gleichheit und in dem Sinne mag das Sprichwort seine Geltung haben. O bringen Sie es wieder zu Ehren!

Joh. Sie sprechen so hübsch als irgend Einer, der mit gesunden Augen die Welt nicht sehen will, um auch Andere dafür blind zu machen.

Gustav. O denken Sie nicht, daß ich Sie irgend zu täuschen suche. Es mag vielleicht lächerlich klingen, wenn ein junger Mann in meinen Jahren heutzutage sagt, ich rede zum ersten Male so mit einem Mädchen, wie ich gegenwärtig mit Ihnen rede; aber ich kann das in Wahrheit sagen. Ich will Sie nicht blind machen, im Gegentheile, ich will Ihnen die Augen öffnen für jene Welt, die uns Jungen gehört, die wenig nach der andern fragt, die eine ganz eigene und so wirklich und wahrhaft ist, daß sie uns die Altgewordenen und die Frühgealterten neiden.

Joh. Wie schade, daß ich nicht in diesen Ton einstimmen kann, die Scene würde dadurch belebter und wir hätten bald einen artigen Kreis von Zuhörern um uns, vermuthlich lauter Leute aus jener Welt, nach der wir wenig fragen; aber meinen Sie nicht, daß das etwas unangenehm wäre?

Gustav. Sie haben Recht, ich vergaß —

Joh. Gewiß! Sprechen wir also etwas gemessener. Sie haben selbst den Neid erwähnt, sagen Sie, fürchten Sie denselben nicht, wissen Sie denn, was der Alles kann? Wenn Ihnen ein Einziger zehnmal sagt, Sie hätten eine Thorheit begangen, so zählt Ihnen das vielleicht nichts, wenn Ihnen aber Hunderte hundertmal das Gleiche wiederholen, dann werden Sie doch wohl nachdenklich werden, was Alle so reden macht. Wenn auch Ihre Eitelkeit Sie davor bewahrt, zu denken, ich hatte Sie nur Ihres Reichthums wegen freundlich angesehen, eben diese hübsche Eigenschaft würde schließlich zugeben, daß Sie etwas Besseres als meine kleine Wenigkeit hätten beanspruchen können. Und was das Schlimmste, die Hunderte hätten Recht und Sie hinterher auch. Für heut' und morgen und eine kleine Zeit darüber, mag Sie meine wenige Bildung bestechen, das ist aber Alles nur aus Büchern zusammen gelesen und überrascht wohl für den Augenblick, weil man bei meines Gleichen gar keine sucht — was bleibt? Ich gefalle Ihnen, das ist Alles!

Gustav. Ganz richtig, Sie gefallen mir, und das ist Alles und mehr bedarf es auch in der That nicht. Was die Bildung anlangt, so brauchen Sie vor der meinen keinen zu großen Respect zu haben Mädchen haben weniger zu lernen und daher weniger zu vergessen, wir Jungen verschwitzen entsetzlich viel, man ochst daher alles Mögliche in uns hinein, damit nur etwas zurückbleibt. Es ist das bei mir sehr wenig, und wenn man Ihnen — Sie sagten das selbst — nur halben Verstand zuspricht, so ist das ein Fingerzeig des Himmels für mich, denn ich habe eben die andere Hälfte! —

Joh. (lachend). Nicht mehr?

Gustav. Wahrhaftig nicht, ich muß das wissen und Sie können es gemerkt haben, denn ich bin Ihnen heute doch wohl albern genug vorgekommen.

Joh. Jetzt nicht mehr und ich denke, wir brechen ab.

Gustav. Für heute, wenn es denn sein muß, aber für morgen erlauben Sie mir, Sie wieder zu sehen und zu sprechen.

Joh. (schüttelt den Kopf). Bestehen Sie nicht darauf.

Gustav. Und warum nicht? Was kann Sie bewegen, mir diese Bitte abzuschlagen? Ich lasse Sie nicht von der Stelle, wenn Sie mir nicht Ihr Wort geben, daß Sie mich wiedersehen wollen.

Joh. Mein Herr, was berechtigt Sie zu dieser Sprache?

Gustav. Die Pflicht, für das Glück zweier Menschen einzustehen, für das meine und für das Ihre, das, ich fühle es, in meinen Händen liegt. Ich muß — ich muß es Ihnen auf den Kopf hin sagen, wie Sie sich auch anstellen, Sie haben nichts wider mich. Unser Beider Benehmen ist unverfänglich, man kann dahinter kein Arg suchen, ich bin Ihnen in bescheidener Entfernung gefolgt und wenn es gleich nicht Ihre Art ist, sich häufig umzusehen, so haben Sie mich doch bemerkt und, läugnen Sie es nicht, diese stille Begleitung hat nicht Ihr Mißfallen erregt.

Joh. Woraus schließen Sie das?

Gustav. O, das fühlt man. Sie hat eben so wenig Ihr Mißfallen erregt, wie heute, wo ich mir ein Herz faßte, meine Person und meine Rede.

Joh. Sie sind sehr eingebildet.

Gustav. Nein, ich halte mich blos an das, was ich sehe.

Joh. Schön. Dann müssen Sie doch einige Uebung haben, in Weiberherzen zu lesen.

Gustav. O — ich nicht.

Joh. Und sprechen das erste Mal so zu einem Mädchen?

Gustav. (aufrichtig). Das erste Mal.

Joh. (treuherzig). Ich glaube Ihnen. Was macht Sie aber mir gegenüber so beredt?

Gustav (faßt sie an der Hand). Die Angst! die Angst Sie zu verlieren, Sie vielleicht für immer aus den Augen zu verlieren, aus dem Herzen kann ich es ja nicht mehr. O quälen Sie uns Beide nicht. Geben Sie mir nur ein wenig, ein ganz klein wenig Hoffnung.

Joh. Sonderbarer Mensch, so muß ich Ihnen also sagen, mit was Sie mich gleich zu Anfange hätten bekannt machen sollen? Wer Sie sind, wie Sie heißen?

Gustav. Vor vier Wochen war ich Buchhalter in der Fabrik meines Vaters zu Brünn, jetzt bin ich es in der am hiesigen Platze, welche ihm nach dem Tode seines Bruders zufiel. Mein Name ist Gustav Frank!

Joh. Dann ist der Ihres Vaters, Ferdinand Frank.

Gustav. (erstaunt). Ganz recht! —

Joh. O, daß Sie das gesagt hätten, gleich, zu Anfang, mit Ihren ersten Worten.

Gustav. O, sprechen Sie —

Joh. Mein Vater ist Werkführer in Ihrer Fabrik, er heißt Johann Bergauer.

Gustav. Der Agitator?

Joh. Der Arbeiterführer. Nicht wahr, nun sehen Sie selbst ein, daß die Kluft zu groß ist? Wollten Sie auch mit der Tochter eines Ihrer Arbeiter Ihrem Vater unter die Augen treten, mit der Tochter Bergauer's können Sie das niemals wagen.

Gustav. Schlimm! — Aber wir sind jung, wir dürfen hoffen.

Joh. Nichts von der Zeit, mein Freund. Was denn wohl? Den Tod unserer Väter? Seien wir keine schlechten Kinder. Wir könnten uns nur über zwei Särge die Hände reichen. Bis dahin aber warten, lauern, die Athemzüge zählen . . . . O, ich möchte keinen Mann, der sich dazu verstünde, was würden Sie erst von einem solchen Weibe halten? Nein, bleiben Sie hübsch die paar Stufen höher, auf welche ein günstiges Geschick Sie gestellt hat und lassen Sie mich bei den vielen Tausenden da unten, wo selbst ein leiser Traum von Luft und Licht sich rächt. Scheiden wir, es ist besser so. Nicht wahr, Sie erfüllen mir eine Bitte? Folgen Sie mir nicht mehr, auch jetzt nicht! (Geht grüßend ab.)

Fünfte Scene.

Gustav, von Pittmann.

Gustav (hat der Abgehenden nachgesehen). Ein Thor, der sein Glück aufgibt, ich halte treu zu Dir!

Pittm. (der schon gegen Ende der Scene einige Male sichtbar geworden, tritt jetzt heran). Hast auch Recht. Ist ein charmantes Mädell

Gustav. Herr!

Pittm. (hält ihm immer die Hand zum Gruße hin und folgt auf und ab der Gustav's, welcher einzuschlagen vermeidet). Aber, Gustav —

Gustav. Ich kenne Sie nicht!

Pittm. Reichsbannerherr von Pittmann.

Gustav. Ich kann mich nicht entsinnen.

Pittm. Aber, kennst Pittmann Pepi nimmer? — Schulcameraden gewesen — in Provinz-Gymnasium, mit einander nichts gelernt, — he?

Gustav. Ach ja!

Pittm. (faßt ihn gewaltsam an der Hand). Na, siehst Du. Freut mich recht sehr —

Gustav. Ja. (Macht seine Hand frei.) Wie geht's Ihnen?

Pittm. „Dir“.

Gustav. Was?

Pittm. Ich meine, sollst „Du“ sagen. Laß' das dumme „Sie“ unter alten Schulcameraden. Auf Deine Frage zu kommen, ich kann nicht klagen, bringe mich durch.

Gustav. Welchen Posten bekleidest Du?

Pittm. Keinen, wollte sich nichts Rechtes finden. Ich privatisire.

Gustav. So, hast Du Vermögen ererbt?

Pittm. Ei, was nicht? Ganze Verwandtschaft ist pauveres Gesindel. Ich bin nichts und habe nichts, das heißt man ja privatisiren.

Gustav. Richtig! Das heißt man privatisiren.

Pittm. Bist schon vier Wochen in Wien.

Gustav. Ich wurde an das Sterbelager meines Oheims gerufen.

Pittm. Weiß, Ein charmanter Mann, hat Euch Alles vermacht. Gestern war Testaments-Eröffnung, hast gleich Deinem Vater telegraphirt.

Gustav. Du weißt?

Pittm. Kommt heute an. Ich weiß Alles. Ein Mann in meiner Stellung —

Gustav. Du hast ja keine.

Pittm. Das ist eben die meine. Weißt, Gustav, Kampf um's Dasein bis auf's Messer! Wie hervorragende Persönlichkeit Wien berührt, wie alter Bekannter hier auftaucht, das weiß ich immer. Es freut mich herzlich, Euch jetzt hier zu wissen. Dein Vater doppelter Fabriksbesitzer, — sehr charmant das.

Gustav. Aber, wenn Du schon früher wußtest, daß ich in Wien —

Pittm. Vom Anbeginn. Aber ich bin nicht aufdringlich, nur heute, wo ich zärtliche Gefühle an Dir entdeckt, konnte ich mich nicht länger zurückhalten. Liebe und Freundschaft! — Wer für die eine empfänglich, ist es auch für die andere. Ich habe gegenwärtig auch so eine Empfindung, es geht in die dritte Woche, ein kurzer Rausch —

Gustav. Verschone mich damit, ich denke in diesem Punkte ernster.

Pittm. So? Ah! Nun, das ist wirklich von einem Manne wie Du einem solchen, dem Aussehen nach — versteh' mich, Freund Gustav, dem Aussehen nach — schlichten und armen Mädchen gegenüber sehr — sehr charmant; Du kannst das thun. O ich wollte, ich könnte das auch, Stabilität fehlt eben allen meinen Verhältnissen, ich kann blos ein wenig flattern und siehst Du, Freund, da muß eine kleine Freude über tausend Leiden hinweg helfen. Erlaube, daß ich mich Dir anvertraue, sie heißt Charlotte und — Genosse meiner Kindheit, verstehst Du diese Thräne? — sie hat kein Kleid zum Anziehen.

Gustav. Bedau're.

Pittm. Ich danke Dir! Du thust mir also den Gefallen und leihst mir auf einige Tage dreißig, sagen wir fünfzig Gulden? Du überlegst? — Freund, es ist lange her, seit wir uns nicht gesehen —

Gustav. Wenn ich wüßte, daß es eben so lange dauern würde, bis ich Dich wieder zu Gesichte bekäme, —

Pittm. O, wo denkst Du hin? Freund, ich bin ein Anderer geworden, das wollte ich eben sagen. Du verkennst mich, wenn ich dreißig gesagt hätte — ja! — Ich will es nicht läugnen, das war so meine frühere Art, eine Bagatelle zu nennen, die sich leicht vergißt. Aber ich habe das leichtsinnige Schuldenmachen abgeschworen, ich nenne jetzt immer eine runde Summe von größerem Belange, die man im Gedächtnisse behält, so daß das Zurückzahlen Ehrensache wird, ich zwinge mich moralisch dazu.

Gustav. Ich will Dich in keine Zwangslage versetzen —

Pittm. Nicht? Freund, das ist ja ganz Deinem Belieben überlassen, ganz Deinem Belieben. Du kannst ja selbst

Auslagen haben. Das verschlägt nichts. Ich kenne ja auch Deinen Vater, er wird mir mit dieser Kleinigkeit aushelfen.

Gustav. Da kennst Du ihn schlecht.

Pittm. Er ist Geschäftsmann, ich weiß, ich bin auch nicht so unverschämt, derlei ganz ohne Gegendienst zu verlangen. Wenn ich ihm Etwas anvertraue, das ihn interessirt —

Gustav. Was könntest Du für ihn haben?

Pittm. Lieber Freund, ich sage nur beispielsweise — Du weißt, Kampf um's Dasein bis auf's Messer! — wenn mir gar nichts anderes einfiele, also Dein ernsthaftes Attachement.

Gustav. Sie sind ein Schuft! —

Pittm. (auffahrend). Freund! —

Gustav. Was beliebt?

Pittm. (aufgebracht). Häufe nicht Beleidigung auf Beleidigung! Das Auffahren bin ich von Dir gewöhnt, aber sage „Du", sage „Du" — unter alten Schulcameraden . . .

Gustav. Sage mir, werde ich Dich los, wenn ich Dir gebe, was Du verlangtest?

Pittm. O ja!

Gustav. Und seh' Dich auch nicht so bald wieder?

Pittm. Vor Ende nächster Woche nicht, mein Freund; denn ich habe auch anderweitig zu thun.

Gustav (hat die Brieftasche gezogen). Es ist gut. (Gibt ihm Geld.) Hier.

Pittm. Danke. Werde Dir nie diesen Freundschaftsdienst vergessen, kann ich Dir mit einer Gegenleistung erkenntlich sein? Soll ich Dir Billetdoux bestellen? Befiehl. Auf Interessen müssen meine Freunde verzichten, aber was ich sonst irgend thun kann —

Gustav. Zähle doch nach.

Pittm. (mit dem Banknotenpack fuchtelnd). Nein, Du hast gesagt „hier", das heißt, es ist so viel als das Verlangte, ein Zweifel ist mir da gar nicht erlaubt.

Gustav. Nun dann — Gott befohlen!

Pittm. (steckt langsam und vorsichtig das Geld ein). Ich will doch versuchen, von dem Alten eben so viel heraus zu kriegen.

(versorgt die Brieftasche und tritt an Gustav heran.) Freund, man hat seine Abneigungen, das weiß ich, aber Du — Du simulirst blos eine solche gegen mich, kleine Verstimmung des Geschäftsmannes in Dir wegen gelungenem Pump, weiter nichts; als Menschen hab' ich Dich ausgefunden. Liebe und Freundschaft! Wer für die eine empfänglich, ist es auch für die andere! (drückt ihm die Hand.) Nochmals meinen Dank! Wie wird sich Charlotte, das arme Kind, freuen! (faßt ihn wieder an der Hand.) Und nochmals — leb' wohl! (Rasch ab.)

Sechste Scene.

Gustav und Graf Wankenstein (von rechts).

Gustav. Diese Fratze der Freundschaft fehlte gerade noch, um in mir das Gefühl der gänzlichen Vereinsamung zu erwecken.

Graf. Ei, so in Gedanken, junger Herr?

Gustav. O, Großpapa, Du? Wohin?

Graf. Deinem Vater, wenn er kommt, meine Aufwartung machen. Aber Du, Schlingel, hast Dich schon über eine Woche nicht bei mir blicken lassen, — ist Dir nicht eingefallen, nachzusehen was der alte Großvater macht!

Gustav. Keine Zeit.

Graf. Ja, ja.

Gustav. Aber nun werde ich oft kommen, Du bist ja der Einzige, dem ich mich anvertrauen kann und ich habe Wichtiges.

Graf. So?

Gustav. Den Kern der Sache in drei Worten: Ich liebe —

Graf. Sind zwei. —

Gustav. Hoffnungslos.

Graf. Das klingt tragisch — steht Deine Dame so hoch über Dir auf der socialen Leiter?

Gustav. Im Gegentheil.

Graf. Also unter Dir? Nun das ist die unverfänglichere Stellung für ein Mädchen. Aber daß Du in einer solchen Angelegenheit mich zu Deinem Vertrauten machen willst? Was kann denn mich alten Menschen derlei interessiren? In Deinen Jahren liebt man heute hoffnungslos die Eine und morgen mit tausend Aussichten und Plänen die Andere.

Gustav. Das ist eben nicht meine Art, mein Gefühl kennt kein Heute und kein Morgen, es kennt nur ein „für immer".

Graf. Kind, Du magst ja zu Denen zählen, welche sich dieses Gefühl vom Morgen des Lebens thaufrisch zu erhalten suchen und es damit vielleicht besser treffen als alle andern, aber — mich laß aus dem Spiele. Ich mag die Geschichte nicht anhören, ich mag mich nicht einmengen, das gäbe am Ende neuen Anlaß, mich mit Deinem Vater herumzuzanken, und wir streiten ohnehin, so oft wir einander gegenüberstehen.

Gustav. Das ist nicht Dein Ernst, Du kannst gegen Liebende nicht hart sein, Du wirst es auch nicht gegen die Mutter.

Graf. Die Mutter war ein Mädchen und ich dessen Vater, das ist ein gewaltiger Unterschied —

Gustav. Du willst mich nicht einmal anhören?

Graf. Nein, nein.

Gustav. Du schlägst mir's ab?

Graf. Rundweg.

Gustav. Sieh' mir einmal in's Auge.

Graf. O ja, junger Herr.

Gustav. Man sagt ja, ich habe die Augen meiner frühverstorbenen Mutter. — Willst Du noch hart bleiben?

Graf (gerührt). Melaniens Augen. — Du verdammter Schlingel! — (legt Gustav die Rechte liebkosend auf die Schulter.) Mein Junge, Du!

Gustav. Also doch, eine Seele!

Gruppe.

(Zwischenvorhang fällt rasch.)

Verwandlung.

(Ein hohes Gemach. Die Wände und der Plafond mit dunkelbraunem Holzgetäfel verkleidet. Im Hintergrunde neben einander, nur durch schmale Pfeiler getrennt, drei Fenster mit hohen Bögen, das mittlere etwas höher und breiter als jene zu beiden Seiten. Durch diese Fenster sieht man in den Hofraum der Fabrik, gewahrt die Schlote und einzelne Theile des Gebäudes. Rechts und links Thüren. Rechts befindet sich ein Divan und Fauteuils. Einige Schränke sind im Zimmer vertheilt. Bilder an den Wänden.)

Siebente Scene.

Graf **Rankenstein**, **Frank**, **Gustav**, **Emil** und ein **Diener**. (Alle von links.)

Frank. Das ist schön, daß Sie sich eingefunden haben, Schwiegerpapa. Es ist doch eine Art Familienfest, wenn auch aus einem traurigen Anlasse. Setzen Sie sich (wirft dem Diener, der das Gepäck, ein kleines Handkofferchen, trägt, die Reisemütze zu, auf rechts deutend) Da hinein!

Emil. Sie? (Wirft ihm den Plaid, den er im Riemen trägt, durch die offene Thüre nach, schnalzt mit der Zunge) Such' — verloren!

Frank. Also da wären wir in den verwaisten Räumen, — armer Bruder! Du hast die Leiche anständig zu Grabe gebracht? Hast Du die Rechnung?

Diener (kehrt von rechts zurück und geht links ab).

Gustav. Sie liegt bei den andern Papieren. Du warst bei dem Begräbnisse nicht anwesend.

Frank. Konnte nicht, hatte daheim zu viel zu sorgen.

Gustav. Aber auf mein Telegramm hast Du Dir Zeit genommen.

Frank. Geschieht für Euch, um hier Ordnung zu machen.

Emil (vor einem Bilde). Papa, wer ist denn das hübsche Mädchen?

Frank. Die Tante.

Emil. Wo ist die?

Frank. Schon lange todt. Aber sie ging nicht, wie Du sie hier siehst, sie wurde vierzig Jahre alt.

Emil. Todt und vierzig Jahre alt (wendet sich ab).

Gustav. Er hat Dich mit den liebevollsten Ausdrücken zum Erben eingesetzt.

Frank. Ich war der Nächste, wäre ich, kinderlos, früher an die Reihe gekommen, hätte ich das Gleiche gethan. Du weißt, ich bin kein Gefühlsmensch.

Gustav. Waren Sie es auch nicht der Mutter gegenüber?

Frank. Hm, was bringt Dich darauf?

Gustav. Nichts.

Frank. Pah, ein Gedanke gebiert den andern. Junge Männer erinnern sich gerne ihrer Mütter, wenn sie Lust verspüren, selbst einen Hausstand zu gründen. Sei vorsichtig! Ganz offen, in unserer Ehe war Deine Mutter der empfindsame Theil und ich hatte alle Ursache damit zufrieden zu sein. Nicht, weil ihr Vater hier sitzt, sage ich es, ich war recht glücklich. Schade, daß das nur so kurzen Bestand hatte.

Emil (vor dem Bilde, das dem ersten gegenüber hängt). Das ist köstlich!

Frank. Was!

Emil. Was ist denn das für eine häßliche Fratze?

Frank. Respect, Junge, das ist der selige Oheim!

Emil. Ach Himmel, ja, der sieht Dir auch ganz erschrecklich ähnlich.

Frank. Jetzt marschire aber augenblicklich hinaus! Sieh Dir die Fabrik an.

Emil. Ich mag nicht, die Arbeiter sind längst abgefüttert.

Frank. Nun und? Was hast Du daran gerade für ein Interesse?

Emil. Weil ich mich gerne mit den kleinen Kröten balge, die ihnen das Essen bringen, die haben gewaltigen Respekt vor mir und auch die größeren Mädchen getrauen sich nichts zu sagen, wenn ich keck werde.

Frank (geht hin und öffnet die Thüre links). Jetzt aber absentire Dich sofort.

Emil (ab).

Graf. Ein hoffnungsvoller Junge!

Frank. O, der macht mir noch graue Haare!

Graf. Die haben Sie ja schon.

Frank. Ja, Haare allerdings, ich wollte sagen Kopf. (zu Gustav) Hast Du die Papiere geordnet?

Gustav. Nur gesammelt.

Frank. So geh' und ordne sie.

Gustav (links ab).

Achte Scene.

Graf und Frank.

Frank (sich neben Rankenstein niederlassend). Nun sagen Sie mir, Schwiegerpapa, wie es Ihnen seither gegangen und noch geht.

Graf. Wie kann es einem Menschen gehen, der schon Jahre mit einem Fuß' im Grabe steht?

Frank. Redensart. Den möcht' ich kennen, der Jahre durch in der Stellung Balançe hielte!

Graf. Nun ja, eben auf einmal wird der große Plumps da sein und dann Erde darüber und requiescat —

Frank. Bis dahin, wollen wir hoffen, vergeht noch eine geraume Zeit und mittlerweile besinnen Sie sich vielleicht sogar anders und erfüllen mir noch den langgehegten Wunsch —

Graf. Welchen?

Frank. Meine Söhne zu adoptiren oder in anderer Weise auf selbe Ihren Adel zu übertragen. Sie sehen, die Mittel hätten sich vollauf gefunden, fehlt nur noch der Titel.

Graf (aufstehend). Mit diesem Projecte lassen Sie mich zufrieden. Daß ich die beiden Rangen nicht zu Grafen von Rankenstein machen will, das habe ich schon einmal gesagt und dabei bleibe ich.

Frank (ist sitzen geblieben). Hm, die Jungen hätten doch gewissermaßen ein Recht darauf.

Graf. Wodurch?

Frank. Durch das Blut ihrer Mutter.

Graf. Ihre Mutter hat sie einem Bürger geboren, so sollen die Kinder auch bürgerlich bleiben.

Frank (steht auf. Etwas pikirt). Ich weiß, Sie kokettiren gerne nach unten.

Graf. Ich wüßte nicht. Nur seit mich das Alter den Kopf nicht mehr so hoch tragen läßt, nehme ich auch wahr, was zu meinen Füßen vorgeht. Uebrigens, was hat denn der Adel noch voraus?

Frank. Die Ehre.

Graf. Ja, auch die, sich mit seines Gleichen schlagen zu dürfen. Ich weiß davon eine Geschichte zu erzählen. Als jungen Menschen brachte mich einmal eine spöttische Bemerkung eines Kameraden um die Gunst einer sehr achtenswerthen Dame, natürlich forderte ich den Spötter, das Duell kam zu Stande, und der Beleidiger schoß mich — den an seiner Ehre Gekränkten und am Glücke Verkürzten — über den Haufen; ich hatte die Genugthuung acht Wochen im Bette zu liegen und noch heute — wenn das Wetter umschlägt — meldet sich da in der Hüfte links — der Adel! Wollen Sie davon für Ihre Kinder? —

Frank. Pah, kleine Unannehmlichkeiten muß man überall mit in den Kauf nehmen.

Graf. Nun, und was das Restchen Annehmlichkeiten betrifft — wenn der Staat forderte, für seinen Bestand und Frieden forderte, daß alle seine Bürger in gleicher Linie ständen, glauben Sie mir, die Besten unter uns wären die Ersten, die in Euere Reihen hinabstiegen, die Besten, die Gebildetsten, denn die Bildung, Herr Schwiegersohn, die ist in Ihrem Sinne ein Unglück für den Betreffenden, den Gebildeten widert jede Rohheit an und er weiß kein Mittel, sich ihrer zu erwehren, als nach und nach die Halbgebildeten zu Ganzen zu machen und langsam die Bestien zu Menschen zu züchten.

Frank. Ich pfleg' es der Rohheit gegenüber anders zu halten. Uebrigens habt Ihr, Aristokraten, leicht so resignirt reden, man hat Euch auch Euere Vorrechte gewaltig zugestutzt.

Graf. Dann erlauben Sie die Frage, was Sie nach diesen zugestutzten Vorrechten verlangen macht?

Frank. Ah, das ist ein Anderes, ich würde Sie mir schon wieder aufzustutzen wissen.

Graf. Habt Ihr nie genug? Braucht Ihr, — die Ihr Alles habt, — damit Euch wohl geschieht, erst zur Folie eine Masse, rechtlos, die gar nichts hat und gar nichts zählt? Die Gesinnung ist nicht zu adeln. Jetzt, wo immer mehr und mehr sich an die Tafel des Lebens drängen, um auch einen Brocken Genusses zu erhaschen, jetzt, wo man darauf sinnt, neue Tische anzustoßen, jetzt wollt Ihr Euch breit hinsetzen, selbst auf die Gefahr hin, daß im Gewirre Alles umgestoßen werde, und ....? Ach, tragt die Verantwortung unter Euren eigenen Namen, den guten alten „Rankenstein" leih' ich nicht dazu.

Frank. Behalten Sie ihn. Mir genügt ja auch meine Stellung und muß ich mich nun auch hüten, Euch zu lehren, was zu thun ist, so werde ich Euch doch zeigen, was zu thun war, als der Ansturm auf Euere Positionen geschah.

Graf. Werfen Sie uns vor, daß wir Vernunft angenommen haben, daß wir den Forderungen der Zeit klug nachgegeben? Ei, Herr, säßen wir noch in unsern alten Vorrechten und Vorurtheilen, dann hätte ich seinerzeit meine Tochter in ein Kloster sperren und Sie mit der Reitgerte aus dem Hause fuchteln müssen!

Frank. Danke! — Wir sind keine zehn Minuten allein?!

Graf. Kaum.

Frank. Und wieder gestritten.

Graf. Und wieder gestritten.

Neunte Scene.

Vorige. Gustav (von links).

Gustav. Hier sind die Papiere.

Frank. Gut, ich werde sie bei Gelegenheit vornehmen. (Legt sie auf den Tisch, zieht ein Notizbuch aus der Brusttasche, aus welchem er ein Blatt herauslöst.) Da sind die Adressen einiger alter Bekannter, die ich gerne am ersten Abend, den ich in Wien zubringe, um mich haben möchte; lade sie ein, sammt Familie. Bring' Entschuldigung vor, daß ich, ohne meine Aufwartung gemacht zu haben, so ohne weiters ihren Besuch fordere, aber Freundschaft ist nicht ceremoniös — so in der Art, Du weißt ja. Geh', besorg' das.

Gustav. Das Comptoir-Personale will Dir seine Aufwartung machen.

Frank. Ist nicht nothwendig, sage, daß ich ohnehin bald hinabkomme, Du hast die Leute mittlerweile kennen gelernt und wirst sie mir vorstellen.

Gustav. Auch wartet eine Deputation der Arbeiter draußen.

Frank. So? Nun, die sollen nur kommen, ich bin gerade in der Stimmung —

Gustav. Dann empfange die Leute lieber nicht.

Frank. Meng' Dich nicht ein, da laß' mich machen. Geh'! —

Gustav (entfernt sich).

Zehnte Scene.

Wankenstein, Frank, Diener, hierauf die **Arbeiter** (zehn an der Zahl) darunter **Bergauer, Brummer, Bräller** und **Kammauf** — **Emil** schleicht sich hinter ihnen herein.

Frank. Jetzt sollen Sie sehen, wie ich umzuspringen verstehe. (klingelt.)

Graf. Ich bin gerade nicht neugierig, aber springen Sie!

Diener (tritt ein).

Frank. Lassen Sie die Arbeiter vor.

Diener (öffnet die Thüre).

Arbeiter, hinter ihnen **Emil** (treten ein).

Berg. Geehrter Herr! Die Arbeiter erlauben sich, Ihnen zur Uebernahme der Fabrik alles Glück zu wünschen, wohl hätten sie einem ganz Fremden auch den Glückwunsch dargebracht, ihre Arbeitskraft ihm angeboten und ihre Interessen ihm empfohlen, aber Ihnen gegenüber geschieht das in gutem Vertrauen, für Sie besteht ein günstiges Vorurtheil, denn Sie sind der Bruder unseres verstorbenen Fabriksherrn, der sich uns immer wohlwollend bezeigte, billige Ansprüche förderte und überspannte schonend verwies und so in doppelter Beziehung ein echter Freund der Arbeiter war, Ehre sei seinem Angedenken! — Wir bitten nun, daß auch Sie dieses gedeihliche Verhältniß fortbestehen lassen, in welchem der Arbeiter seinerseits gerne aus freiem Antriebe seine volle Kraft einsetzt und der Fabriksherr anderseits auf die volle Arbeitskraft und Ausdauer seiner Leute zählen kann, so daß das Institut einem lebenden Organismus gleicht — —

Frank. Was noch? Seid Ihr zu Ende?

Brummer (murmelnd). Er unterbricht den Sprecher.

Brüller (laut). Nicht unterbrechen!

Bewegung unter den Arbeitern.

Alle. Er unterbricht den Sprecher. — Was haben wir da für Einen? — Nimm wieder das Wort, Bergauer.

Berg. Ich sagte Euch ja, wählt diesmal einen Andern.

Brummer (murrend). Er glaubt, er ist noch in Brünn!

Brüller (laut). Hier ist nicht Brünn!

Einige. Er ist nicht in Brünn. — Das soll er nicht denken!

Frank. Ah, wißt Ihr davon? Das ist mir lieb. In Brünn wurde ich von den andern Fabrikanten überstimmt, sonst hätte der Strike ein anderes Ende genommen. (Auf Bergauer zutretend.) Wie heißen Sie?

Berg. Johann Bergauer. Werkführer in Ihrer Fabrik und Wortführer hier.

Frank. Ah, Johann Bergauer. (hat sein Notizbuch aus der Brusttasche gezogen und blättert es auf.) Ein vielseitiger Mann, 's ist gut. — Ich habe die Herren nicht rufen lassen, noch habe ich erwartet, daß sie sich freiwillig herauf bemühen, denn die Arbeiter haben mir nichts und ich ihnen nur wenig zu sagen. Ich wollte Sie in den Arbeitssälen aufsuchen, wo Sie allein hingehören, da Sie nun aber einmal da sind, so will ich ganz offen zu Ihnen reden, damit jede Zweideutigkeit zwischen uns behoben werde und Jeder sich darnach zu richten weiß. Die Ansichten meines Bruders habe ich nie getheilt, die Vereinsspielereien, die den Arbeiter nur von seinem Berufe abziehen, müssen unter mir ein Ende nehmen, — unsinnige Reden von einem Anspruch auf den Gewinn oder nur einem Antheil an demselben, dürfen mir nicht zu Ohren kommen, Niemand theilt mit mir das Risico und den Verlust, so werde ich auch den Gewinn nicht theilen.

Berg. Wer verlangt das?

Kammauf. Ich — darum bin ich von der Partei.

Einige. Maul halten.

Frank. Kurz, einen vierten Stand kenne ich nicht.

Arbeiter. Oho!

Brummer (wie oben). Er kennt keinen vierten Stand.

Brüller (wie oben). Er kennt keinen.

Arbeiter (lachen untereinander).

Frank. Ich kenne keinen, ich kenne nur den Arbeiter, der in meinem Brode steht, der dafür seine Pflicht zu thun hat und gegen den ich die meinige vollauf erfülle, wenn ich ihm den bedungenen Lohn pünktlich und baar bezahle.

Kammauf. Hört! Hört!

Frank. Ich bin mit dem Entschlusse hierher gekommen, jedes Obenhinauswollen über Ihren Stand entschieden zurückzuweisen, ich habe Ihnen, denk' ich, die Stellung vollkommen klar gemacht, in der Sie mir allein gefallen können und ich hege den aufrichtigen Wunsch, daß Sie zu Ihrem eigenen Besten sich auch in derselben gefallen mögen. Und nun gehen Sie wieder an die Arbeit. Gott befohlen!

Alle. Wir sind keine Hunde. — Das lassen wir uns nicht gefallen. — Rede, Bergauer, gib ihm's tüchtig wieder. — Rede doch, Bergauer.

Frank. Nun, stummer Sprecher, haben Sie darauf etwas?

Berg. (trocknet sich den Schweiß von der Stirn). Es ist schwer! Rede ich sonst, so rede ich zu diesen und wir verstehen uns leicht, wir stehen auf gleichen Füßen und Jeder weiß, wo ihn das Schuhzeug drückt. Was Euch treffen kann, der Druck harter Zeiten, groß und kleiner Jammer, wie ihn das Leben mit sich führt, das Hinsiechen und Hinsterben von Weib und Kind, all das bleibt auch uns nicht erspart, aber von dem, was uns noch darüber bedrückt, von der Sorge und dem Kummer, die mit uns zu Bette gehen und am Morgen wieder mit aufstehen, da wißt Ihr nichts, und den Hunger kennt Ihr nur vom Hörensagen; wir verstehen uns nicht. Es ist schwer! Ich wollte, wir wären, wofür Ihr uns nehmt, Maschinen! Wir sind es eben nicht, können es nicht sein, wir fühlen uns zum großen Ganzen gehörig und an dieses appelliren wir, daß es zu friedlichem Kampfe um unsere Interessen uns die Schranken öffne, und uns vor Willkür schütze.

Frank. Und öffnet man Euch nicht zu dem friedlichen Kampfe, wie Ihr es nennt, gutwillig die Schranke, so zerbrecht Ihr sie; das ist wohl der Hintergedanke?! Damit mögt Ihr Jene fürchten machen, welche den Pöbel nicht kennen, der weiß, daß er bei diesem Versuche zu Boden geschmettert würde, und hat er auch nichts zu verlieren, so calculirt er wohl, daß dabei auch nichts zu gewinnen sei und zeigt sich, wie er ist, feige!

Arbeiter. Meint er uns? — Er soll sich nicht zu beklagen haben! (Drohende Bewegung unter ihnen.)

Berg. Herrgott! — Haltet Friede! — Ruhe, sag' ich. Herr! Ihr bedenkt nicht, daß Ihr zu Menschen redet, mit Blut in den Adern und Leidenschaften in der Seele, und auf die eine vergessen habt, die Ihr muthwillig herausfordert, — auf den Haß!

Frank. Oho, redet Ihr aus dem Tone, nicht Ergebenheit führt Euch her, Ihr kommt zu drohen? Das laß' ich mir nicht bieten. Herr Werk- und Wortführer Bergauer, Ihr habt von heute an in meiner Fabrik nichts mehr zu suchen.

Kammauf. Ho, Redefreiheit!

Frank. Hier hat Niemand zu reden als ich!

Brummer (wie oben). Wir gehen mit dem Werkführer.

Brüller. (wie oben). Alle gehen.

Alle. Wir gehen mit. — Alle gehen! (Drängen nach der Thüre.)

Berg. Halt! Macht denen in den Arbeitssälen bekannt, was wir hier gehört und erfahren, wir sind es ihnen schuldig, denn sie haben uns aus ihrer Mitte gesandt, wer gehen will, soll gehen.

Alle. Alle! Alle!

Berg. Nur sorgt dafür, daß nichts in der Aufwallung oder im Muthwillen zerschlagen werde, daß jedes Stück an seinem Ort bleibe, daß der Abzug in aller Ordnung und Stille geschehe; wir haben nicht Ursache zu tollen und zu lärmen, wir bringen unsern Weibern üble Nachricht und den Kindern das letzte Stück Brod heim! Gott befohlen.

Alle Arbeiter gehen ab.

Elfte Scene.

Rankenstein, Frank, Emil, Kammauf.

Frank (über die Bühne nach dem Divan schreitend). Trotzt nur, ich kriege Euch doch noch klein!

Graf. Möglich, die Leute sind ohnehin nicht groß.

Frank (blickt auf und sieht Kammauf, der immer noch steif und unbeweglich an der Thüre steht). Was stehen Sie noch dort?

Kammauf. Weil ich nur zur Partei gehöre, aber nicht zur Bewegung.

Frank. Sind Sie Arbeiter?

Kammauf. Nein, Comptoir-Diener.

Frank. Wie heißen Sie?

Kammauf. Leopold Kammauf.

Frank. Kammauf? (Er blättert sein Notizbuch auf, reicht es lächelnd dem Grafen zur Einsicht, und schiebt es dann aufgeblättert in die Divanecke.)

Zwölfte Scene.

Vorige, Diener, hierauf v. Pittmann.

Diener (überreicht eine Karte). Dieser Herr wünscht unter vier Augen mit dem gnädigen Herrn zu sprechen.

Frank (lesend). Reichsbannerherr von Pittmann. Mir unbekannt. Warten Sie. (Zu Rankenstein.) Sehen Sie sich unterdessen das Bibliothekzimmer an, Schwiegerpapa, kommen Sie, es hängen einige hübsche Gemälde dort. (Geht mit Rankenstein nach der Thüre rechts.) Lassen Sie den Herrn eintreten. (Verschwindet mit Rankenstein, dem er den Vortritt läßt, unter der Thüre.)

Diener (öffnet links).

Pittm. (tritt ein). Der Junge sitzt unten im Comptoir hinter dem Glasverschlage, wie ein Frosch in seinem Haus, kann ich also den Alten Solo fassen.

Frank (tritt aus der Thüre rechts). Von Pittmann?

Pittm. Zu dienen.

Frank. Darf ich bitten.

Pittm. Habe wohl nicht mehr die Ehre gekannt zu sein?

Frank. Nein.

Pittm. Einst fröhliche Stunden verlebt in Ihrem Hause zu Brünn.

Frank. So? Bitte doch.

(Beide rechts ab.)

Dreizehnte Scene.

Kammauf, Emil, dazwischen Frank und Diener.

Kammauf (stürzt vor, ohne Emil zu bemerken). Elende Feiglinge sind diese Gemäßigten, sie lassen ihr weißes Panier beschimpfen und mich mundtodt mit der rothen Fahne in der Tasche hinter dem Cassier des Tyrannen herrennen! O, mir sollte Einer mein Banner beschimpfen! Was hält mich ab, daß ich das Bissel Staat, das mir anhaftet, von mir schleudere? Die Principien der rothen Fahne! Warum brenne ich dem Cassier nicht mit der Geldtasche durch? Weil ich denke, Geduld, das Gerstl kommt so wie so in die allgemeine Theilung. Ein Bedenken, das ganz den Effect der Ehrlichkeit macht! Warum geh' ich an Weibern und Töchtern verhältnißlos vorüber? Weil ich denke, Geduld, der Nachwuchs wird ohnehin gemeinsam. Ein Bedenken, das ganz den Effect der Tugend macht! Warum schlendere ich an den Palästen der Geldprotzen gleichmüthig vorbei? Weil ich denke, Geduld und — Petroleum! Ein Bedenken, das ganz den Effect der Friedfertigkeit macht! Und diese Oriflamme, welche bedeutet die Sicherheit des Eigenthums und der Familie, und den persönlichen Schutz, diese sollte man zu beleidigen wagen mit Worten, wie sie hier gefallen sind?! Ho, laßt mich an Bergauer's Stelle sein, mit übermenschlicher Stimme hätte ich dem Tyrannen zugedonnert: (brüllt kreischend.) Ha, Elender!

(Zu gleicher Zeit öffnen sich beide Seitenthüren.)

Frank. Was ist denn da los?

Diener. Ist etwa ein Unglück —?

Kammauf (ganz betroffen von Einem zu dem Andern sich wendend). Nein — nein —

Emil (kauert im Fauteuil und beißt, um sein Lachen nicht laut werden zu lassen, in sein Sacktuch).

Frank. Ah, Kammauf radotirt! Ein wenig stiller, wenn ich bitten darf!

(Frank und Diener verschwinden wieder hinter den Thüren.)

Kammauf (blickt um sich, um sich zu vergewissern, daß Niemand zugegen, dann flüsternd). Ha, Elender, witterst Du nicht die Morgenröthe der Bartholomäusnacht, wo wir im dampfenden Blute . . . ne, ne, das ist etwas zu stark, das könnte gegen einen Paragraphen verstoßen, Aufreizung zu Haß und Verachtung, oder gar Aufruhr, — ein Bedenken, das ganz den Effect der Ordnungsliebe macht! . . . . wo wir im rauchenden Gehirn . . . ne, das ist noch stärker, es muß ohne Dampf und Rauch gehen! . . . wo die Brut — Brut ist immer gut — wo die Brut von der nie ruhenden Art der Zeit bis auf den letzten Mauerrest hinweggemäht wird! Das sind Bilder! (Mit Nachdruck.) Wo die Brut von der nie ruhenden Art der Zeit bis auf den letzten Mauerrest hinweggemäht wird! — Der Tyrann erbleicht, ich trete zurück in die Reihen der Brüder und habe nicht genug Hände, Hände zu schütteln. (Er greift in der Luft nach imaginären Händen herum.)

Emil (hat sich herangeschlichen und legt jetzt seine Rechte in eine der herumfuchtelnden Hände Kammauf's).

Kammauf (erschreckt). Ha! (Nachdem er weiß, woran er ist, schleudert er Emil's Hand aus der seinen.)

Emil. Haha! Ich habe mich vortrefflich amüsirt, Sie sind wirklich ein großer . . .

Kammauf. Tyrannenjüngling!

Emil. Ein großer Redner. Wenn Sie wieder so etwas arrangiren, so machen Sie es mir doch früher zu wissen. Ja?! Adieu. (Ab, links.)

Kammauf. Klein — aber doch einen Kopf zu groß!

Vierzehnte Scene.

Kammauf, Frank, v. Pittmann, darauf **Gustav,** zuletzt **Mankenstein.**

(Die Thüre rechts wird von innen geöffnet.)

Frank. Ich bitte, hier ist die Thüre, (er schiebt Pittmann heraus, auf die Scene.) die andere finden Sie gegenüber.

Pittm. Wenn auch nur die Hälfte des Betrages —

Frank. Weder für das Vergnügen, Sie als Schuljunge gekannt zu haben, noch für Ihre ganz unglaubwürdigen Nachrichten gebe ich einen Heller. Adieu! —

Pittm. (für sich). Verdammter Filz! (Trifft unter der Thüre links auf den eintretenden Gustav.) Oh — oh!

Gustav. Hier?!

Pittm. Pardon! (Rasch ab.)

Frank. Kennst Du den Menschen?

Gustav. Ja.

Frank. Ein nobler Fechtbruder, der sich übrigens auch mit gemeinen Zuträgereien befaßt und mir hinterbringt, Du hättest ernste Absichten auf ein Arbeitermädchen.

Gustav. Der Schuft!

Frank. Das dacht' ich mir.

Gustav. Schuft, weil er mein Geheimniß zu Kauf bot, die Wahrheit hat er gesprochen.

Frank. Die Wahrheit? Die volle —?

Gustav. Ja!

Frank. Auch wenn er behauptet, in dem Mädchen Bergauer's Tochter erkannt zu haben?

Gustav. Es ist Bergauer's Tochter.

Frank. Es ist Bergauer's Tochter?! Bist Du rasend, Bursche, oder willst Du, daß ich es werde?! Du hättest Dir für den Augenblick nichts Aergeres aussinnen können, um mich außer mir zu bringen! Bei Gott und ich weiß nicht, was mich abhält . . .

Graf (ist schon unter der Rede aus der Thüre rechts getreten). Herr Schwiegersohn! (Er weist auf Kammauf, der links, etwas gegen den Hintergrund, zuhorchend steht.)

Frank. Ah! (Er macht einen Gang durch das Zimmer nach dem Hintergrunde zu.)

Gustav (zu Rankenstein tretend). Verrathen!

Frank (vorkommend zu Kammauf). Ein hübscher Führer! Er kuppelt auch hinter eueren Rücken.

Gustav. Den Vater des Mädchens laß' aus dem Spiele, der weiß von nichts.

Frank. Die liebe Jugend! — Das erklärt auch die Schonung der Fabrik, warum nichts enttragen und nichts zer=

stört werden durfte, der Unsinnige sieht vielleicht schon seine Enkel darauf.

Kammauf. Er opfert die Partei der Partie! Davon müssen sie doch erfahren! (Rasch ab, links.)

Gustav. Ich gehe. Du findest mich nicht im Comptoir.

Frank. Wohin?

Gustav. Du magst Dich in dieser Angelegenheit gegen mich verhalten, wie Du willst, aber das darfst Du mir nicht verwehren, daß ich jetzt den Mann aufsuche und offen mit ihm rede, das bin ich mir und dem Mädchen schuldig. (Ab links.)

Fünfzehnte Scene.

Graf und Frank.

Frank. Geh' nur. Es ist mir gar nicht unlieb, wenn man Dich jetzt an seiner Seite sieht, das diskreditirt den Hammel um so sicherer und macht die Heerde zahmer. Ja, auch die unangenehmsten Zwischenfälle müssen ausgenützt werden. Sehen Sie, Schwiegerpapa, so springt man um!

Graf. Umgesprungen sind Sie genug, aber ich habe Sie weder etwas Kluges reden hören, noch etwas Vernünftiges thun sehen.

Frank. Oho!

Graf. Was sagten Sie viel? Daß Sie keinen vierten Stand kennen? Je nun, auch wir kannten keinen dritten. Und was haben Sie gethan? Circa zweihundert Leute brodlos gemacht. —

Frank. Ich doch nicht, sie selbst!

Graf. O nein. Sie kannten genau die Consequenz Ihres Handelns, als Sie die armen Teufel provozirten. Wollten die nicht Ihnen und sich selbst verächtlich werden, so konnten sie gar nicht anders. Ihre Fabrik machten Sie stille stehen, einen vernünftigen Menschen haben Sie hinausgeworfen und einen Narren als Werkzeug gebraucht.

Frank. Die Narren sind traitabler.

Graf. O glauben Sie das nicht. Der vernünftige Mensch ist nicht immer consequent, er kann das nicht sein, den wechselnden Verhältnissen gegenüber, der Narr aber — der allein — ist es immer und allezeit, der hält sich an seine Idee und trägt den Verhältnissen gar keine Rechnung. Ein Narr aber macht zehn und zehn machen hundert und so fort, bis sie den Vernünftigen über die Köpfe wachsen.

Frank. Dagegen gibt es Mittel!

Graf. Ich weiß, das ist immer die Schlußkadenz von Ihrem Liede, Niederschlagen und Schießen. Das ist sehr ungesund. Was der Einzelne so selten trifft, dem Staate gelingt es immer, stark zu sein gegen sich selber — aber Gott bewahre uns davor!

Frank. Will ich denn Unfrieden, stifte ich welchen? Meine Rechte will ich wahren, weiter nichts.

Graf. Sie wahrten sie sehr zur Unzeit, wo es Niemanden eingefallen, sie anzutasten und eben weil Sie merken, daß Sie einen Fehler begangen, so werden Sie aufbrausend und ungeduldig.

Frank. Möglich, aber ich denke, in der Sache sei besser Unrecht thun, als leiden. Soll man sich jedem unsinnigen Wunsch geneigt zeigen?

Graf. Ich wäre der Erste, der Sie davon abhielte; denn was das Wünschen betrifft, so hat bei geringen Leuten gewöhnlich das Maß keinen Boden. Das Volk fordert, wie ein Kind, oft Unmögliches. Gebt ihm viel, es verzettelt, es verstreut, es verdirbt Manches, gebt ihm aber zur rechten Zeit, was es braucht und es ist begnügsam und dankbar wie ein Kind.

Frank. Die Leute wissen selbst nicht, was sie wollen.

Graf. Dazu wären Andere da. Aber Ihr seid ja auch Kinder. Kinder, die ihr Spielzeug — damit Ihnen keine fremde Hand daran rühre — in den Schrank schließen und ihm darüber selbst entwachsen, während die Andern Alles zerschlagen wollen, weil das dann mehr Stücke gäbe und auf Jeden eines käme. Ihr seid alle Kinder. Ich mit meinen siebzig Jahren, darf das sagen. Steht, wo ich stehe und dann besinnt Euch: Ich war der Mann — der Jüngling — der Knabe — der kleine Knirps — Alles das, ich, und immer der Nämliche. Ei, da kriegt Ihr Respect vor der Zeit und begreift, daß sie — die den Menschen so ändert —

überhaupt nichts im Bestand lassen kann und daß Alles, immer Eins aus dem Andern, auch ein Anderes wird! Ja, wenn man Schnee auf dem Scheitel und keine Leidenschaft mehr in dem Herzen hat, dann wird man milde, und es geschieht Einem weh, ansehen zu müssen, welche Kämpfe und Opfer es kostet, bis die Menschen sich entschließen, einmal wieder eine Zeit „an der Zeit“ zu finden.

Frank. Ein guter, alter Mann. — Was suchen Sie, Schwiegerpapa?

Graf (steht an dem Tische und sucht nach einem Gegenstande). Da ich gerade vom Sehen gesprochen, fällt mir mein Lorgnon ein.

Frank. Das haben Sie im Bibliothekzimmer liegen gelassen.

Graf. Ach ja. (geht voraus.)

Frank. Ich helfe Ihnen suchen.

Sechzehnte Scene.

Vorige. Kammauf.

Kammauf (erscheint unter der Thüre links). Holla — es ist unter die Masse gebracht — es gährt — es brodelt!

Frank (schon unter der Thüre rechts, sich lässig umwendend). Schon gut. Nur brodeln Sie nicht, mein lieber Kammauf. Gehen Sie hinab in's Comptoir und vertrödeln Sie mir die Zeit nicht weiter mit Dingen, die Sie eigentlich gar nichts angehen. (Ab.)

Kammauf. Gehorsamer Diener! (Allein.) Was heißt das? Vor dem Bergauer hat er Respect, denn er hat ihn allen Andern voraus geworfen und selbst draußen ist der ihm noch unbequem, sonst hätte er mich nicht hinter ihm her gehetzt, und mich, Leopold Kammauf, behandelt er so bagatellmäßig?! Ha, dort hat er sein Notizbuch liegen lassen, worin er über uns Beide nachgeblättert, vielleicht löst mir das das Räthsel. (Geht zum Divan, setzt sich, holt das Notizbuch vorsichtig aus der Ecke und liest mit Bedacht.) „Johann Bergauer ist als gefährlich zu bezeichnen. Derselbe strebt mit besonnener Energie bewußte Ziele an.“ Pah! Das brandmarkt ihn nur vor der Partei. Besonnen und bewußt, das sagt Alles! (mit erhobener Stimme.) „Leopold Kammauf aber — (er hält zweifelnd inne, dann mit gedämpfter Stimme.) Leopold Kammauf aber ist ein unschädlicher, amüsanter Narr.“ (Er legt das Buch weg, steht auf und geht langsam bis an die Thüre, dort schlägt er ein Schnippchen.) Nein! — (kehrt zum Divan zurück, blättert das Notizbuch abermals auf, liest für sich, klappt es zu und geht stille durch die Thüre links ab.)

(Von Außen Stimmen und Geräusch der abziehenden Arbeiter.)

Siebzehnte Scene

Blankenstein. Frank von rechts, dann **Emil**, **Diener** und **Einige vom Hauspersonale** von links.

Frank (an das Fenster tretend). Sie gehen. (Mit leichtem Bedauern.) Es mögen wirklich zweihundert sein.

Graf. Brodlos.

Emil (mit verbundener Wange, stürzt zur Thüre links herein).

Diener und Hauspersonale (folgen).

Emil (jammernd). Papa, ich habe eine Ohrfeige.

Frank. Man wagte es —

(Ein Stein fliegt in's Fenster und zerschmettert eine Scheibe.)

Ho, soll's an Leib und Eigenthum gehen?! Ruft Wachen!

Graf (sehr gleichgültig, nach dem Fenster gewendet). Nun, kommt nichts mehr? — Da rufen Sie doch lieber den Glaser — und was die Ohrfeige anbelangt, so war nicht bald eine besser placirt.

Actus.

Zweiter Akt.

Ein sehr einfach möblirtes, aber äußerst nett gehaltenes Zimmer. Rückwand: Zwei Fenster nach der Straße. Rechts und links Seitenthüren. Ein Tisch in der Mitte der Bühne.

Erste Scene.

Johanna, dann **Kammauf**.

Joh. (tritt aus der Seitenthüre links, trägt eine brennende Lampe, welche sie auf den Tisch stellt). Der Vater bleibt heute länger als sonst. Er weiß es doch, daß ich in Sorge bin. — War seine Furcht begründet oder nicht? Es ist beängstigend, das nicht zu wissen. (Plötzlich nach der Thüre gewendet.) Habe ich nicht versperrt? — Er wird es sein. (In der Küche wird etwas zu Boden geworfen.) Mein Gott! Wer ist's?

Kammauf (tritt ein, er ist etwas angetrunken). Guten Morgen, Fräulein Hanne!

Joh. Wie Sie glauben, Herr Kammauf, aber ich dächte, wir hätten Abend.

Kammauf. Ja, richtig. Guter Morgen gilt für Abend. Da draußen in der Küche, da liegt etwas.

Joh. Das Sie umgeworfen haben.

Kammauf. Ja. Sie erlauben. (Er setzt sich, sieht herum, sogar unter den Tisch.) Ist Ihr Herr Vater nicht zu Hause?

Joh. Nein. Doch wissen Sie vielleicht von ihm? Hat es wirklich in der Fabrik etwas gegeben?

Kammauf. Ja. Der Fabrikant strikt.

Joh. Das heißt, es ist gekommen, was der Vater vorausgesehen? Ach, wenn Sie nur vernünftig zu reden vermöchten!

Kammauf. O sehr. Man hält mich zwar für einen unschädlichen, amüsanten Narren —

Joh. Amüsant habe ich Sie nie gefunden.

Kammauf. Ich mich auch nicht.

Joh. Am wenigsten jetzt, wo ich abwarten muß, ob Sie mir sagen wollen —

Kammauf. Ich bin nur Ihres Vaters wegen gekommen, Ihnen habe ich gar nichts zu sagen, entartete Tochter des Volkes!

Joh. Sie befinden sich in einem Zustande, dem gegenüber jede Rücksicht übel angebracht wäre. Ich werde die Nachbarn rufen.

Kammauf. Thun Sie das nicht, Fräulein Hanne, das wäre ganz inopportun! Aber wenn ich Sie so ansehe .... Wollten nicht Sie sich setzen und mich stehen lassen? (erhebt sich mühsam.) Es macht mich schwindlich, wenn Sie so immer — (er bewegt den rechten Arm wie ein Pendel, das aufrecht oberhalb der Uhr schwingt.) Wenn ich Sie so vor mir sehe (schwingt fort.) Nein — so (hält den Arm steif.) Da ergreift mich ein wehmüthiges Gefühl, Sie erinnern mich an meine Schwester, die früh in Dienst und zur Cavallerie kam. O, Fräulein Hanne, wären Sie zu Fuß geblieben!

Joh. Sie sind betrunken.

Kammauf. Kehren Sie sich nicht an diese Schwankungen, die meinen Organismus erschüttern, das ist nur äußerlich, — nur äußerlich. Sie haben sich auf das hohe Roß gesetzt und eine Liebschaft angesponnen mit dem Sohne unseres Tyrannen —

Joh. Wer sagt das?

Kammauf. Der unwürdige Gegenstand Ihrer Neigung selbst — seinem eigenen Vater in's Gesicht.

Joh. Mein Gott!

Kammauf. Ja. Bisher war das noch ein Familiengeheimniß, heute weiß es die ganze Fabrik.

Joh. O sagen Sie — aber Sie sind ja nicht fähig —

Kammauf. O sehr, obwohl man mich für einen unschädl . . .

Joh. Mein Vater — weiß der es auch?

Kammauf. Hehe. Ich sagte ja, Familiengeheimniß — in der Familie.

Joh. Er — Alle werden es glauben — man wird mich ungehört verdammen.

Kammauf. Es ist auch eine ganz verfluchte Geschichte, aber mich geht sie gar nichts an, ich bin, wie gesagt, nur Ihres Vaters wegen gekommen, um mich mit ihm zu versöhnen. Er hat mich düpirt, ich habe ihn bisher immer für einen anständigen Menschen gehalten, ich verzeihe ihm diese Täuschung! Vermelden Sie ihm diese Worte eines Mannes, der mit allen fünf Sinnen am Abgrunde des Daseins steht und vermuthlich hineinrutscht; ich kann nicht länger warten, wo mich der große Zeiger — wo mich der Zeiger einer großen Stunde abruft. In diesem feierlichen Momente erlauben Sie mir, Ihnen den Bruderkuß — (nähert sich ihr.)

Joh. Verlassen Sie mich sofort!

Kammauf. Sie hegen keine geschwisterlichen Gefühle? Ich disponire auch über andere —

Joh. Ich rufe!

Kammauf. Rufen Sie nicht, es könnten sonst Leute kommen. Das paßt mir nicht. Später — später! Noch hält man mich für einen unschädlichen, amüsanten Narren, diese Meinung muß berichtigt werden und sie wird es — sie wird es! Fräulein Hanne, leben Sie wohl, guten Tag! (öffnet den Schrank neben der Thüre und geht in denselben ab.)

Joh. Aber Kammauf! Sie treten und zerren ja Alles zu Schanden.

Kammauf (hat sich im Kasten umgedreht und ist herausgestiegen). Weil die Thüre fälschlich hier angebracht ist.

Joh. Ich werde Ihnen leuchten, damit Sie nicht wieder über denselben Gegenstand fallen.

Kammauf. O sorgen Sie nicht, wenn ich nicht über etwas anderes falle — was ich umgeworfen habe, das weiß ich, wo es liegt, mich genirt blos das Bestehende. Fräulein Hanne — es wird berichtigt — guten Mittag! (Ab, gleich darauf hört man außen etwas zu Boden fallen.)

Zweite Scene.

Johanna, dann Gustav.

Joh. (hat sich an den Tisch gesetzt mit dem Rücken gegen die Thüre, sie stützt den Kopf in die linke Hand und die rechte hängt schlaff zur Seite herab). Wenn ich mich des Aergsten schuldig wüßte, es könnte mir nicht bänger, nicht furchtsamer um das Herz sein. Ein Trunkener mußte mir's vorlallen, daß ich einen Augenblick auch nicht recht bei Besinnung war! — Ah, er kommt doch nicht zurück? (Erhebt sich rasch, öffnet die Thüre.) Wer ist's?

Gustav (eintretend). Ich bin's.

Joh. Sie? Gegen meinen Wunsch?

Gustav. Ich suche nicht Sie.

Joh. Nicht, — wen sonst?

Gustav. Ihren Vater.

Joh. Alle ihn. Was veranlaßte Sie aber, mich vor dem Ihrigen zu nennen?

Gustav. Sie wissen davon? O, ich begreife, von jenem Menschen, der eben auf der Treppe gegen mich taumelte.

Joh. Sie handeln abscheulich gegen mich, Sie geben meinen Ruf preis.

Gustav. Ich nicht. Es war Verrath im Spiele, es hat uns Jemand belauscht und meine Ehrlichkeit erlaubte mir nicht, zu läugnen.

Joh. O, über diese Ehrlichkeit, die den Mund aufthut, wo die Ehre sich eher die Zunge aus dem Halse reißen ließe, als daß sie schwätzte. Ah, sagen Sie mir doch, gab Ihnen ein Wort, ja nur ein Blick das Recht, mich in diese Angelegenheit zu verflechten? Sagen Sie mir das, damit ich von Ihnen denke, wie Sie es verdienen.

Gustav. Zürnen Sie nicht. Sie sind schön, auch im Zorne, aber zürnen Sie nicht mir! Ich bin gekommen, mich an Ihrer Statt schelten zu lassen, den ersten Groll Ihres Vaters auf mich zu lenken und wenn er ruhiger geworden, ihm die ganze Wahrheit zu sagen, die wir ja nicht zu scheuen brauchen.

Joh. Eben deßhalb hätten Sie uns auch unangenehme Auftritte und harte Worte ersparen sollen.

Gustav. Ich verdiene den Vorwurf, aber eben um jeden von Ihnen abzuwehren, bin ich da und ich verlange es gar nicht besser, weil ich Sie nur wieder sehen kann.

Joh. O gehen Sie mir!

Gustav. Wie nett Sie es hier haben, wie klein und gefällig.

Joh. Es kostet genug Mühe, es so zu halten.

Gustav. Das Hauswesen lobt die Herrin. Ach, ich wollte, ich hätte so ein kleines Heim und Sie darin schalten und walten! Ich werde noch Arbeiter Ihrethalben!

Joh. Sie denken und sprechen wie ein Kind.

Gustav. Wie das Kind eines Reichen, das gewöhnt ist, daß sich ihm nichts versagt, und Sie verweisen mir das so altklug, wie das Kind eines Armen, das früh entsagen lernt. Ich kann Ihnen den Muth nicht einflößen, den Widerwärtigkeiten, die sich zwischen uns aufthürmen, vereint entgegenzutreten, getrennt, stehen wir unentschlossen denselben gegenüber und uns selbst vielleicht heute zum letzten Male.

Joh. Sie sagen es.

Gustav. Und ich sollte nicht das Los des Arbeiters beneiden, dem es vergönnt wäre, Abends, müd' und froh, hier einzutreten, vergnügt zu Ihnen aufzublicken und Ihnen die Hand mit ehrlichen Schwielen über den Tisch zu reichen —? (Streckt von der einen Seite des Tisches seine Hand nach der anderen Ecke, an welcher Johanna steht.)

Joh. (Kleine Pause -- sie rückt spielend ihre Hand der seinen nahe, — sie in selbe legend.) Sie träumen.

Gustav. Sie reichen mir Ihre Hand?!

Joh. That ich's? Es geschah, um Sie zu wecken und es ist zum Abschiede.

Gustav. Und wenn ich Sie nun fest hielte, fest für immer?!

Joh. O, wie bald würde Ihnen das Schicksal die Finger lösen, aber ich kann selbst so kurze Zeit nicht warten. Geben Sie sie zurück. Sie muß ja Brod verdienen.

Gustav (läßt ihre Hand leise aus der seinen). Sie muß Brod verdienen!

(Kurze Pause.)

Dritte Scene.

Vorige, dann Bergauer, Brummer, Brüller und andere Arbeiter.

Berg. (noch außen). Vor Euch frag' ich das Mädel in's Gesicht. Kommt.

Joh. Der Vater — und nicht er allein — verbergen Sie sich — dort! (drängt ihn nach der Thüre rechts.)

Gustav (abwehrend). Nein!

Alle (treten ein).

Brummer. Ho, das trifft sich! ⎫
Brüller. Oho! ⎬ zugleich.
Berg. Hanne! ⎭

Berg. (auf Johanna zustürzend). Du Creatur, hältst Du's nach Deiner Mutter Art?!

Gustav (dazwischentretend). Halt!

Berg. Zurück — Junge — später mit Dir —

Joh. (schiebt Gustav zur Seite.) Weg! Das ist zwischen mir und ihm! — Schlage! Es wäre der erste Schlag, der mir von Dir kommt und Dein erstes Unrecht gegen mich.

Berg. (bitter). Unrecht?!

Joh. Meine Bekanntschaft ist nicht älter wie die Deine. Du hast ihn wohl eben so oft ab und zu in der Fabrik bemerkt, wie ich ihn auf meinen Gängen und sprichst ihn jetzt zum ersten Male, wie ich ihn heute zum ersten Male gesprochen habe.

Berg. Hanne, sieh' mir in's Aug'. Bei dem ehrlichen Blut, das Du von mir überkommen hast, sag' offen, was hat es zwischen Euch gegeben?

Joh. (mit wehmüthigem Lächeln.) Thorheit.

Berg. Thorheit? (er legt die Hand auf ihren Scheitel.) Ja wohl Thorheit, armes Ding! (gegen Gustav gewendet.) Wie aber konnten Sie sich vergessen?

Gustav. Ich meinte es ehrlich.

Berg. Sie wußten, daß Sie das nicht durften.

Gustav. Waren Sie in Ihrer Jugend auch so überlegend?

Berg. Ich habe nie über mich hinaufgeguckt und Ihr Fall konnte nie der meine sein. Eine Mißneigung nach unten gibt es bei uns nicht, denn zu unterst sind wir. Uebrigens habe ich es Ihnen zu danken, daß mich Ihr Vater für einen Kuppler hält und als solchen hat ausschreien lassen.

Gustav. Das ist nicht wahr! Ich sagte es ihm, daß Sie nichts wissen, daß Sie nicht darum wissen konnten; er kennt mich, daß ich nicht lüge, er wußte es.

Berg. Er wußte es? Dann gehen wir stehenden Fußes zu ihm, er soll es vor Euch Allen zurücknehmen.

Brummer. Gehen wir!

Brüller. Wir gehen!

Alle. Er soll es zurücknehmen!

Berg. Geht voraus, Männer! (zu Gustav.) Auch Sie.

(Die Arbeiter und Gustav ab.)

Berg. Hanne! — Es war eine Thorheit, aber Ihr seid junge Leute, ich begreif es. — Es ist nun aus, ganz aus, und er scheint ein netter Bursche. — Ich weiß, wenn ich jetzt gehe, was kommen wird, Du wirst Dich über den Tisch da werfen wollen, und . . . . Hanne, Kind, (breitet die Arme aus) mach' es lieber da ab, (zeigt auf sein Herz) mach' es da ab!

Joh. (wirft sich laut aufschluchzend an seine Brust). O Vater!

(Gruppe.)

Zwischenvorhang.

Verwandlung.

(Ein reich decorirter Saal, Seitenthüren rechts und links. Im Hintergrunde: Mitte große Thüre mit schwerer Portiere. Längs den Wänden Stühle und Divans, in der Mitte der Bühne ein kreisrunder Divan mit Pfeilerlehne.)

Vierte Scene.

Frank, Fehringer, Cäcilie, Jadwiga, Melitta, Höner, Schrei, Nietling, Margaretha, Emil, Gäste.

Frank (geschäftig vorauseilend). Da ist der Saal.

Einige. Ah.

Nietl. Hübsch.

Schrei. Famo—os!

Frank. Nun hätten wir Alles durchgenommen. — Was Euch interessiren könnte, habe ich Euch gezeigt, die Fabrik —

Fehr. Prächtiges Gebäude.

Schrei. Famo—os!

Frank. Im Halbstock die Comptoir-Räumlichkeiten, —

Fehr. Sehr zweckmäßig.

Schrei. Famo—os!

Frank. Und hier in der Belle-Etage, was ich bewohne.

Schrei. Famo—os!

Nietl. Hörst, Schrei, Du bist unausstehlich, rufst da immer — wie ein Hausierer auf der Straße: Kotzen kauft, — famo—os!

Schrei. Hehe, ich mache Euch doch Spaß damit.

Frank. Nochmals meinen Dank, daß Ihr meiner Einladung Folge geleistet, es freut mich das recht herzlich; man findet doch noch neidlose Freunde, die sich unseres Glückes freuen.

Marg. (die neben ihm steht, glaubt doch etwas sagen zu müssen, sehr schüchtern). Das ist sehr schön!

Nietl. (kneipt sie in den Arm). Schwätz' nicht vor Leuten.

Cäcilie. In unserer Familie ist der Neid ein ganz unbekanntes Ding, das werden Sie wissen, Herr Frank, denn wir kennen uns schon lange von Brünn her, das heißt, wenn Sie mich überhaupt noch erkannt haben.

Frank. O, wie sollte ich nicht, gnädige Frau, Sie haben sich ja fast gar nicht verändert.

Cäcilie. Wirklich? Nun, es haben mir schon Mehrere gesagt, ich hätt' mich merkwürdig conservirt für meine fünfunddreißig Jahre.

Frank. Es ist das eine Thatsache, der gegenüber jedes Compliment übel angebracht wäre.

Marg. (wie oben). O, das ist spassig —

Nietl. (wie oben). Schweig.

Cäcilie. Was beliebt?

Marg. O nichts.

Cäcilie. Wer das gedacht hätte, daß es mit Ihnen so hoch hinaus soll! Ich erinnere mich noch ganz gut, wie Sie als schmächtiges Praktikanterl in das Haus meiner Eltern gekommen sind, mit sehr defecten Stiefeln und abgeschabenen Kleidern (für sich.) Da hast Eines!

Frank. Ich bin ganz untröstlich, widersprechen zu müssen, gnädige Frau; aber es ist nicht möglich, daß Sie davon wissen.

Cäcilie. Mir werden Sie das nicht abstreiten.

Frank. Sie müssen damals noch in den Windeln gelegen haben, denn es war das — fast auf den Tag — vor fünfunddreißig Jahren.

Marg. (wie oben). Hihi.

Schrei. Famo . . . . (wendet sich rasch, verlegen ab.)

Nietl. (wie früher zu Margarethe). Menagir' Dich!

Fehr. Ja, meine liebe Cilli, Einem, der immerfort mit doppelter Buchhaltung zu thun hat, darf man mit solchen Rechnungsfehlern nicht kommen. Nun, laßt's gut sein, sei nicht bös', unter Freunden und Bekannten darf man nichts übel nehmen, besonders, wenn man selber Anlaß gegeben hat. Du Frank, wo ist denn Dein Aelterer, der Gustav? Den seh' ich ja gar nicht.

Frank. Er wird nicht lange wegbleiben, er hat einen Geschäftsgang,

Fehr. (vertraulich). Weißt, ich möchte ihm gerne meine Töchter vorstellen. Die Aeltere, die Jadwiga, ist zwar schon versorgt, die hat den Höner — ist ein langweiliger Patron, sein Einkommen kann ihr leicht lieber sein, als er — hab' ihn Dir ja früher vorgestellt. (Deutet dabei verstohlen nach Höner.) Aber die Melitta, die möcht' ich jetzt gerne an Mann bringen. Du brauchtest nichts dagegen zu haben, wenn sich da was anspinnt, Du kennst unsere Verhältnisse und das Mädel ist sauber wie ein Bild. Schau' nur hin!

Frank. Ich weiß, ein hübsches Mädchen. (Wieder lauter.) Aber, weil Du gerade von Bild sprichst, Eines hätte ich Euch beinahe vorenthalten, das Bibliothekzimmer! Freunde, das müßt Ihr Euch noch ansehen. Die Aussicht ist prachtvoll und es hängen einige schöne Gemälde dort. Es ist gleich hier neben an. (Deutet nach rechts, bietet Cäcilien den Arm.) Ich bitte.

Cäcilie (zurücktretend). O nein! — Fehringer.

Fehr. Nein, nein, versöhnt Euch nur, versöhnt Euch.

Frank. Gnädige Frau! Auch ich habe einige Erinnerungen aus jener Zeit treu bewahrt, die schönste darunter, daß Sie mir damals nicht feindlich gesinnt waren! (Führt sie nach rechts ab.)

Cäcilie. Und dafür erlauben Sie sich jetzt Grobheiten.

Frank. Ich würde mich das nie unterstanden haben gegen eine Dame, die mir stets gleichgiltig gewesen war oder nunmehr geworden ist. Das trifft hier nicht zu und von diesem Gesichtspunkte aus, war es eine Schmeichelei in Form einer Grobheit.

(Beide rechts ab.)

Die Andern (folgen).

Nickl. Du, Fehringer findest Du Gefallen daran, überall so hinterher nachzulaufen? Er schleppt uns ja doch nur überall hin, damit wir vor Neid gelb werden sollen.

Fehr. A bah, hab' ich nur das Meine, dann mag es Andern das Glück zum Fenster hereinschneien, da kenn' ich keinen Neid. Und er sagte ja, es wäre die letzte Piece, also thun wir ihm den Gefallen und schauen wir uns das Ding auch noch an. (Geht voraus.)

Nickl. (Gibt Margarethen den Arm). So komm'!

Marg. Warum Du mich immer in Gesellschaften so ganz verzagt machst!

Nickl. Ja was willst Du denn? Reden? Du weißt ja nichts als Dummheiten vorzubringen, soll man sich noch schämen Deinetwegen?

Magar. (weinerlich). Aber damit machst Du mich ja noch dümmer, als ich schon bin.

(Beide rechts ab.)

Fünfte Scene.

Jadwiga, Melitta und Emil.

Emil (trägt Melitta den Arm an). Bitte, mein Fräulein!

Melitta. Danke, ich gehe nicht in das Bibliothekzimmer.

Emil. Warum nicht?

Melitta. Ich habe schon, wie wir gekommen sind, einen Blick hineingethan, es hängt nichts an den Wänden als Landschaft und Legende, gar keine Mythologie.

Emil. Nicht wahr, die ist schön? Diese göttlichen Verhältnisse —

Melitta (boshaft nach Jadwiga zeigend). Pst! Stören Sie kein irdisches.

Jadwiga (sitzt auf dem runden Divan, sie hat Briefe hervorgezogen, zwei liegen neben ihr auf dem Sitze, in einem dritten liest sie eben).

Emil. Was hat sie da?

Melitta. Sehen Sie nicht? Briefe. Seit die Arme verheirathet ist, correspondirt sie und steht mit mehreren Unbekannten in rein geistigem Verkehr.

Jadwiga (auffahrend). Frecher Fratz! Nur mit einem Einzigen, der aber meine ganze Sympathie hat. Mußt Du mich vor dem Buben da compromittiren?! O, ich wünsche Dir eine gleich langweilige Verbindung, dann wirst Du schon auch zur Feder greifen.

Emil (grimmig). Bub' hat sie gesagt.

Melitta. Ja, das hat sie gesagt.

Emil. O, das werd' ich ihr schon einbringen, wenn wir erst verschwägert sind.

Melitta. Verschwägert? Wie wollen Sie denn das anstellen?

Emil. Haben Sie nicht gehört, was Ihr Vater und der meine vorhin getuschelt haben?

Melitta. Nein. Ich habe nicht aufgehorcht. Wir Frauenzimmer sind gar nicht neugierig, müssen Sie wissen. Was war es denn?

Emil. Ihr Herr Vater hätte gerne meinen Bruder für Sie.

Melitta. Ist der hübsch?

Emil. Nun ja, aber so schön wie ich ist er nicht.

Melitta. Nicht einmal? Gott der muß häßlich sein?

Emil. Hehe. Das geht auf mich, das soll eine Stichelei sein. Aber ich weiß doch, was ich weiß. Sie haben sich Schönheiten von mir sagen lassen und waren freundlich gegen mich.

Melitta. O ja, wissen Sie auch warum? Ich werde Ihnen eine Geschichte erzählen. Da war einmal in Griechenland, zur Zeit als die Leute dort noch mit bloßen Beinen gingen — wissen Sie? —

Emil. Ja, das war gleich nach der Mythe, wo man noch gar keine Kleider trug.

Melitta. Da war also ein Athlete. Wissen Sie, was das ist?

Emil. Ein Seiltänzer, ein Gymnastiker.

Melitta. So was. — Der hieß Minos oder Minotaurus — was weiß ich — und hatte ein Kalb, das trug er alle Tage ein paar Stadium oder Stadien, kurz eine lange Strecke weit und durch diese Uebung und Gewöhnung brachte er es dahin, daß er mit dem mittlerweile entwickelten Ochsen eben so leicht fertig wurde. (zupft Emil am Ohre.) Sehen Sie, darum nehme ich jetzt Ihresgleichen auf die leichte Achsel und wenn Sie mir einmal ausgewachsen begegnen, so werde ich auch nicht mehr Umstände mit Ihnen machen.

Emil. Ha, das fordert Rache. (Er will sie umarmen.)

Melitta. Sie! Nicht keck sein! Ich habe einen Bruder, der ist Husarenoffizier — ein so hübscher Mann, fast Schade für einen Bruder, — wenn ich dem davon sage, der schneidet Ihnen beide Ohren vom Kopfe.

Emil. Oh!! — Wissen Sie was, Melitta, ich werde lieber ihren berittenen Bruder bitten, daß er uns zwei Pferde leiht und dann reiten wir zusammen in den Prater.

Melitta. Können Sie denn reiten?

Emil. O ja, sehen Sie her. (courbettirt auf einem imaginären Pferde im Saale herum.)

Melitta. O, wie ungeschickt Sie das machen! (ahmt auch das Reiten nach, aber mit Sprüngen nach der Seite, auf angenommenem Damensattel.) Schneller — frischer!

Emil. O — o — nur zu!

Melitta. Hahaha! Sie haben ja gar keinen Sitz!

Emil. Hahaha! Sie hängen ja in der Luft.

(Galloppiren durch die Mitte ab.)

Sechste Scene.

Jadwiga, Höner (von rechts).

Jadwiga (hat den Beiden nachgesehen). Kinder; nur da nicht, wo sie es noch sein sollten. (sie gähnt.) Aah!

Höner (tritt unterdem aus der Thüre, gleichfalls gähnend). Aah! Mein Herr und Gott! (ohne Jadwiga zu bemerken, holt er einen Brief aus der Brusttasche.) Diesen Brief habe ich heute auf der Post behoben. (erbricht ihn.) Dieses Weib hat meine ganze Sympathie, sie langweilt sich mit ihrem Gemahl ebenso wie ich mit meiner Frau.

Jadwiga. Erwin!

Höner. Jadwiga?! (erblickt die Briefe die neben ihr liegen und stürzt hinzu.) Ah, was hast Du da?

Jadwiga (es gelingt ihr nur zwei Briefe an sich zu raffen, der dritte fällt Höner in die Hände). Gib ihn zurück, Meineidiger!

Höner. Pflichtvergessenes Weib!

Jadwiga. Ich trotze Dir! (die Briefe in der hochgehobenen Hand schüttelnd.) Ich bin nicht ohne Stütze!

Höner (ebenso mit seinem Briefe in der Luft fechtend.) Hier ist der Busen, an den ich flüchten kann!

Jadwiga. Nur zu!

Höner. Wie beliebt? — Ich will doch erst sehen, in welchem Tone man an Dich zu schreiben wagt. (hat das Schreiben geöffnet.) Das ist ja meine Schrift. (reicht ihr das Schreiben, das er empfangen hat, hin.) Ist das nicht die Deine?

Jadwiga. Ja.

Höner. Das haben wir uns geschrieben? — Ach Gott — und da wollte sich endlich einmal eine aufregende Situation entwickeln! . . . Komm' Jadwiga! (reicht ihr den Arm.) Wir Beide sind wirklich sehr beklagenswerth. (wenden sich zum Abgehen nach rechts.)

Siebente Scene.

Vorige, Frank mit allen **Gästen** von rechts. Hierauf **Plener** und **Graf Rankenstein** von links.

Frank. Was? Ein prachtvoller Ausblick auf die beleuchtete Stadt?

Schrei. Famo — os!

Nickl. Schon wieder?

Frank. Nur Schade, daß von den Gemälden da drinnen einige so unvortheilhaft hängen und die andern durch das Gaslicht verlieren, man muß das bei Tag sehen.

Diener (die Thüre links öffnend). Die Herrschaften befinden sich hier, Herr Graf.

Graf (ist eingetreten).

Frank. Ah, charmant, daß Sie gekommen sind. Mein verehrter Schwiegervater, Herr Graf von Rankenstein!

Einige. Sehr geehrt!

Nietl. Ob das auch ein wirklicher ist?!

Frank. Lauter Freunde. Hier . . .

Graf (einfallend). Lauter Freunde, das genügt ja; nennen Sie keine Namen. Ich muß vielmals um Entschuldigung bitten, aber ich hatte von jeher ein schlechtes Gedächtniß dafür und jetzt, bei meinen Jahren, behalte ich gar keine mehr. Weiß ich sie nicht, so kann ich Niemand durch das Vergessen beleidigen.

Marg. Aber wer würde sich denn auch?

Nietl (zwickt sie). Pscht! Schon wieder.

Frank. Nun, es schickt sich ja wohl später eine Gelegenheit. (zum Diener.) Johann, führen Sie die Herrschaften nach dem Speisezimmer. Geht nur voraus, Ihr findet dort eine kleine Musikcapelle, die ich uns für heute aufgenommen. Ungenirt, Kinder! Ich komme gleich nach.

Alle (ab durch die Mitte).

Achte Scene.

Frank und Rankenstein.

Frank (schüttelt dem Grafen die Hand). Es freut mich, daß Sie da sind. Ich fürchtete schon, Sie wären mir böse.

Graf. Warum auch? Was Sie thun, das thun Sie auf eigene Faust und es geht mich weiter nichts an. Wo ist denn Gustav?

Frank. Noch nicht zurück.

Graf. Es wird ihm schwer werden, sich von dem Mädchen zu trennen. Sie sollten in dem Punkte mit dem Jungen einige Einsicht haben. Es ist etwas Eigenes um so ein erstes, ernstes, wahrhaftes Verlieben. Es ist das einer von den Sonnenblicken, an denen das Leben gerade nicht reich ist und welche man darum keinem Menschen verdüstern soll.

Frank. Soll ich ihn vielleicht das Mädchen heirathen lassen?!

Graf. Warum nicht? Das Klügste wäre es. Fabriksbesitzerssohn und Werkführerstochter, das klingt doch nicht gar so weit auseinander?!

Frank. Oho, mehr als Grafentochter und Bürgerlicher.

Graf. Das höre ich nicht heraus.

Frank. Weil Sie dafür kein Ohr haben. Eher enterbe ich ihn!

Graf. Dann setze ich ihn zu meinem Universalerben ein, da kommt er jedenfalls früher dazu.

Frank. Nie erhält er meine Einwilligung, nie! Und mit allen Mitteln —

Graf. Sie wollen also nicht Vernunft annehmen?

Frank. Niemals!

Graf. Niemals?! Es scheint so!

Frank (zieht die Uhr, hält sie dem Grafen hin). Diesmal waren es keine zwei Minuten.

Graf. Was? — Ah, ja so.

Frank. Werther Schwiegerpapa, ich weiß nicht warum, aber von der Milde, die Ihnen mit den Jahren kam, scheinen Sie gerade für mich wenig übrig zu haben.

Graf (halblaut). Alle Wetter. Er parirt nicht schlecht.

(Außen Geräusch mehrerer herannahender Personen.)

Frank (gegen die Thüre). Was gibt's da?

Neunte Scene.

Vorige, Gustav, Berganer, Brummer, Brüller, Arbeiter (von links).

Gustav. Diese Leute wünschen Dich zu sprechen.

Frank. Bist Du toll? Den ganzen Schwarm, mir nichts dir nichts, hier einzuführen!?

Gustav. Es handelt sich um eine Angelegenheit, die auch mich betrifft.

Frank. Mir aber ganz gleichgiltig ist, welche es auch sein mag. (wendet sich.) Ich bin nicht zu sprechen.

Gustav (hält ihn zurück). Vater!

Frank. Junge! — Ah, Du pochst darauf, daß ich Gesellschaft habe und die Anwesenheit von Gästen respectiren werde! Hüth' Dich! — Nun, was soll's?

Berg. Herr! Sie haben die ehrenrührige Aeußerung fallen lassen, als hätt' ich darum gewußt, daß Ihr Sohn mein Mädel gerne sieht und hätt' die Sach' gebilligt, wo nicht gar gefördert. Und Sie haben das unter die Leute bringen lassen, obwohl Ihr Herr Sohn — er behauptet es und hier steht er — Ihnen zuvor die Versicherung gegeben, daß ich außer'm Spiele bin, —

Frank. Nun, und —?

Berg. Nehmen Sie den Kuppler zurück!

Frank. Hm, ich meine, über den Gegenstand kann Jeder denken, wie er will.

Berg. Jeder, so lang er nicht anders berichtet ist und es besser weiß, dann aber ist es kein ehrliches Mittel mehr.

Frank. Pah! Im Kampfe sind alle Mittel erlaubt!

Berg. Ich danke Ihnen, Herr, daß Sie das vor den Leuten da sagten, die werden nun wissen, wem sie zu glauben haben.

Brummer. Der Bergauer ist ein ehrlicher Kerl!

Brüller. War Alles erlogen!!

Arbeiter. Alles erlogen. — Wir wissen, woran wir sind!

Berg. Weiter hätten wir hier nichts zu suchen. Gute Nacht, Ihr Herren!

Graf (legt ihm die Hand auf die Achsel). Bleiben Sie noch ein wenig.

Berg. (sieht ihn erst mißtrauisch an). Ihr Haar ist weiß, das meine beginnt kaum zu ergrauen, Ihnen gegenüber stehe ich wie ein Junge da und so will ich denn auch — Mütze in der Hand — abwarten, was Sie mir zu sagen haben.

Gustav. Es ist mein Großvater, Graf Rankenstein.

Frank. Komm' Gustav!

Graf. Ich will Sie allein haben.

Berg. Geht Kameraden!

Frank. Ein's noch! Wer Rückstände zu fordern hat, kann sich morgen schon mit dem Frühesten im Comptoir melden. Ich will Niemand Verlegenheiten bereiten. (Zu Gustav)

Du wirst sorgen, daß das noch heute über Nacht in Ordnung gebracht werde. Komm'!

Arbeiter (links ab).

Frank (wendet sich). Schwiegerpapa, lassen Sie nicht allzulange auf sich warten!

(Mit Gustav durch die Mitte ab.)

Zehnte Scene.

Rankenstein und Bergauer

Graf. Ei, daß gerade Sie als Wortführer hier haben auftreten müssen, das ist eine böse Geschichte.

Berg. Ich denke, ein Anderer hätte an ihr auch nichts aufgebessert.

Graf. Ich meine, eine böse Geschichte für die jungen Leute, für meinen Enkel und für Ihr Kind, für welche Beide ich mich interessire. — Das macht das letzte Restchen Hoffnung schwinden. Es thut mir leid.

Berg. Mir auch.

Graf. Sie scheinen ein vernünftiger Mensch, —

Berg. Ich versuch's, Einer zu sein.

Graf. Ein stiller, ruhiger Mann, —

Berg. Nicht alle meine Kameraden rechnen mir das hoch an, sie heißen das zahm und merken sie gleich, daß ihre Angelegenheiten dabei besser fahren, so wollen sie es doch nicht eingestehen.

Graf. Und werden Sie es nicht müde, sich mit neidischen und ungeberdigen Elementen herumzuschlagen? Vielleicht ließe der Starrkopf da drinnen mit sich reden, wenn Sie Ihrer Rolle entsagten.

Berg. Gute Nacht Herr!

Graf. Nicht beleidigt! Es war gut gemeint.

Berg. Will's glauben. Aber daß ich mich jetzt warm bette, wo alle Andern kalt liegen, das geht denn doch nicht an. Herr, eh' man von Jemand verlangt, daß er aufhört zu sein, was er ist, soll man doch wissen, wie er dazu geworden.

Graf. Ah, das wäre freilich von hohem Interesse und Sie würden mich sehr verbinden, wenn Sie mir davon in Bezug auf Ihre Person erzählen wollten. Sie wissen, alte Männer haben das Recht, neugierig zu sein.

Berg. Das gäbe eine lange Geschichte, die Sie wohl bald ermüden würde.

Graf. Meine Beine, ja, das könnte wohl möglich sein, aber da beuge ich vor (geht gegen den runden Divan) und setze mich nieder. Thun Sie es auch. (er nimmt Platz.)

Berg. Ich danke. (verlegen lächelnd.) So war's nicht gemeint.

Graf. Und warum wollen Sie mir Ihre Geschichte vorenthalten? Ich erwarte keine gewöhnliche, was Sie in dieser Frage zur Parteinahme trieb, das war gewiß keine Einschüchterung durch Andere, keine Unlust an der Arbeit, keine lockenden Verheißungen, —

Berg. Ganz recht, Herr Graf, ich wurde weder gepreßt, noch mit oder ohne Handgeld geworben, ich wurde dazu geschlagen.

Graf. Geschlagen?!

Berg. Nicht anders, Herr. Die Geschichte war die Jahre über da drinnen (zeigt auf die Stirne) schon so hübsch eingeschlafen, aber der heutige Tag hat sie wieder wach gerüttelt und sie ist mir ein paarmal im Gehirne aufgezuckt, wirr und wild! Ich will sie Ihnen mittheilen, damit ich selbst sie klar habe, das hilft gewöhnlich darüber hinweg und es ist besser, derlei auf einmal los zu werden, als es lange mit sich herum zu tragen, das hieße, dem Teufel die Haare im Pelz zählen. (Er setzt sich in ein nahestehendes Fauteuil, dem Grafen gegenüber.) Wenn Sie demnach die Geduld haben wollen, mich anzuhören, so kann es los gehen.

Graf. Immer zu! Ich höre.

Berg. Vor achtzehn Jahren war's, der Tag ist mir nimmer erinnerlich. — Man gibt sich wenig Mühe, die bösen Tage im Gedächtniß zu behalten, aber die Erinnerung an das, was sie brachten, die wird man doch nicht los.

(Hinter der Scene beginnt Musik, man hört dieselbe nur ganz leise, es werden heitere Weisen gespielt, kurze Pausen gehalten, dann wieder begonnen, bis gegen Ende dieses Actes, wo alle Gäste auf der Bühne anwesend sind.)

Berg. Wie gesagt, vor achtzehn Jahren war's, an einem schönen Sommertag, das weiß ich! Es gab da unten im Prater ein Fest und ich war dabei mit Weib und Kind, mit der Hanne, die damals eben erst zu laufen begann. Das Kind machte große Augen, kreischte oft laut vor Lust, die Mutter hatte ihre Freude daran und ich die meine an allen Beiden. Wir hielten unten Mittag und Jause. Wir machten keine geringe Zeche, denn Alles war sündhaft theuer, aber mein Weib ließ es diesmal hingehen und war stolz, daß ich das thun konnte. So saßen wir unter dicht belaubten Bäumen, wo die Sonne nur hin und wieder in leuchtenden Streifen durchbrach — in der Luft schwamm es von Tönen — so wie wir das jetzt hören — da saß mein Weib, zwischen uns Beiden das Kind — es war uns Allen so in die Seele hinein wohl und wir fühlten uns ganz zusammengehörig und Eins! — Ah, es war zum letzten Mal! (Kleine Pause.) Abends wurde auf der großen Wiese ein Feuerwerk abgebrannt, wir machten uns dahin bei Zeiten auf. (Er hält bei dem Auftreten Frank's inne.)

Elfte Scene.

Vorige, Frank durch die Mitte, gegen den Schluß des Actes nach und nach Alle.

Graf. Lassen Sie sich nicht stören.

Frank (geht über die Bühne nach der Seitenthüre rechts). Es liegt das auch durchaus nicht in meiner Absicht. (Ab, er läßt die Thüre hinter sich offen stehen.)

Berg. Des Kindes wegen hielten wir uns mehr nach der Straße zu, wo das Gewühl nicht so arg war. Als eben wieder eine Fronte aufleuchtete und Alles nur dafür Sinn hatte, da drängte ein sogenannter nobler Herr mitten durch die Menge und rief nach seinem Wagen, er kam an uns heran und trat meinem Weib' auf den Fuß, daß sie laut aufschrie vor Schmerz. Ich hielt ihn am Rocke zurück, verwies es ihm und forderte ein begütigend' Wort, (erhebt sich vom Sitze, dem Grafen etwas näher tretend.) Herr, was da nun kam in rascher Folge, Wort um Wort, das behielt ich nicht genau, aber ich weiß, daß ich sagte, ich wäre ein Mann, der sein Brod durch seiner Hände Arbeit verdiene, hielte meine Ehre so hoch wie irgend ein Anderer und wäre nicht wie ein Hund zu behandeln; er antwortete mit einem Schimpfwort und mit einem Faustschlag in mein Gesicht. Ah, Herr, ich konnte den Schuft nicht erkennen, denn mein Auge war durch den grellen Wechsel von Licht und Dunkel wie geblendet, eine dunkle Masse, riesengroß, wie mir schien, stand er vor mir, doch stürzte ich mich auf ihn und faßte ihn mit beiden Armen, er aber machte sich mit leichter Mühe, wie von einem Kinde, los und stieß mich lachend zur Seite. (Er sinkt wieder in das Fauteuil zurück.) Was da herum stand, der Haufe, lachte natürlich mit. Der Mann hatte mir im Streite zugeschrieen, er sei Einer von denen, die uns Brod zu verdienen gäben. Ich wußte also, woher mir der Faustschlag kam.

Frank (der ein Cigarrenkästchen trägt, tritt schweigend unter die Thüre).

Berg. Ich will es Ihnen auch sagen, wohin er getroffen. Mein eheliches Glück hat er zertrümmert und mich auf die Bahn geworfen, auf der Sie mich noch — aber eine matte Kugel — rollen sehen, sonst wäre des Unheils mehr.

Frank (wirft das Cigarrenkistchen in einen Stuhl und tritt hinzu.) Erzählen Sie weiter, Bergauer! Sie sagten Ihr eheliches Glück —

Berg. und Graf (erheben sich).

Berg. (in die Mitte tretend). Ich sagte so. Mein Weib war jung und unerfahren, ich war ihr der Mann, der Herr, und sie respectirte mich; aber an jenem verfluchten Abend, schon am Heimwege, als sie mich zu trösten suchte, merkte ich, daß in ihr ein Gefühl erwacht war, das ärgste, das ein Weib dem Manne entgegenbringen kann, Mitleid! Sie bemitleidete mich. Da hatte sie denn auch nimmer weit hin, daß sie sich an meiner Seite ohne Stütze fühlte und daß Ihr unser Stand, mit dem sie so wenig Federlesens machen sah, verächtlich wurde. Daß ich's kurz gebe, eines Tages hat sie mich und Ihr Kind verlassen. (Mit gepreßter Stimme.) Ich habe ihrer Schande nie nachgeforscht, nach etlichen Jahren erhielt ich die Nachricht, sie sei verstorben. Der sie hat begraben lassen, hat das wohl zu den andern Kosten gerechnet. (Pause.)

Fehringer (kommt mit einigen Gästen durch die Mitte). Aber, Frank, wo bleibst Du denn?

Frank (macht ihm ein Zeichen, zu schweigen). Laß' mich jetzt.

Alle (sammeln sich. Die Musik ist verstummt).

Berg. Mein Arbeitskittel war's, der mir die Schmach in's Gesicht und die Schande in's Haus lud, da hielt ich denn mit den andern Blousen zusammen, daß eine Uniform daraus würde, gegen die man sich nicht so viel herausnähme. Ich war einer der Wildesten und wär' es geblieben bis auf den heutigen Tag, wäre mein Kind nicht gewesen. Ah, hätt, ich keines gehabt, was wäre mir daran gelegen, unsern Stand als den ersten auszuschreien, Alles in's Chaos zu schmeißen, damit aus den Trümmern eine neue Welt entstünde, die ja doch nicht übler gerathen konnte, als die, in der wir — nichts bedeuten sollen! — Aber das Kind machte mich besonnen. Bis so 'ne neue Welt sich auch nur aus dem Groben herausarbeitet, das dürfte doch schwer zu erleben sein. Da war ich denn bedacht, nur nach dem zu langen, was der Hand erreichbar war, uns auf Bitten und Drängen zu verlegen. Man war nicht ungerecht gegen uns, man gewährte manche Bitte, man gab manchem Drängen nach, man ließ uns nicht ohne Schutz. Mich macht kein Erfolg übermüthig, mich drückt kein Tag, wie der heutige nieder, nicht aus Uebermuth, noch im Unmuth vergesse ich mich. Aber, bei Gott, das war für den nicht vorauszusehen, der mich damals mißhandelte! Ihm möchte ich noch einmal, Aug' in Aug', gegenübertreten, von da, wo ich jetzt stehe, möchte ich ihm sagen, was sein gedankenloser Hochmuth einem Harmlosen gekostet, fragen möcht ich ihn, auf was er sich stützte, daß er sich für besser hielt, für so viel besser, daß er sich sogar das Recht der Rohheit herausnahm! Auf Geburt, es wär' althergebracht. Auf Rang? Ich könnte nicht dawider. Auf Wissen? Ich mußte früh von der Schule weg in die Arbeit. Aber auf Geld — einzig und allein nur auf Geld! Ah, das ist eine Erbärmlichkeit! Pfui über ihn! (Er sieht sich um, lüftet das Halstuch.) Ich vergaß mich doch. Gute Nacht, Herr Graf.

(Wendung zum Gehen nach links.)

Frank. (erregt den Grafen an der Hand fassend). Ich war's.

Graf. Was?

Frank. Der ihn schlug.

Graf. Still, um Himmelswillen!

Berg. (wendet sich, mißtrauisch). Ist was?

Graf (tritt vor, daß er Frank deckt). Nichts!

(Verhang fällt rasch.)

Dritter Act.

(Decoration wie im ersten Acte, Verwandlung.)

Erste Scene.

Störr und **Gangelberger** (kommen von links). **Diener** (tritt eben aus der Thüre rechts).

Störr (alter, äußerst lebhafter Herr). Der Herr Chef schon auf?

Diener. Schon lange. Er frühstückt eben.

Störr. Schön. Er selbst hat den Leuten erlaubt, sich mit dem Frühesten einzufinden und das lassen sich die nicht zweimal sagen. Auf dem Gange vor dem Comptoir wimmelt es schon jetzt von Arbeitern und Weibern mit Einkaufkörben. Also muß ich Cassa beschaffen und bitten, in die Geschäftsbücher Einsicht zu nehmen. Sagen Sie das, wenn Sie wieder vorkommen.

Gangelb. (junger Mensch, ganz übernächtig aussehend. Er trägt ein paar große Geschäftsbücher und einen Pack Schriften, ist im Stehen eingenickt und ein Buch entfällt ihm).

Störr. Aber, Gangelberger!

Gangelb. (legt Bücher und Papiere weg). Kein Wunder, die ganze Nacht gearbeitet.

Störr. Ja, das nimmt Euch junge Leute her, aber die ganze Nacht tanzen — tralala, tralala — das schadet nichts.

Gangelb. Vergnügen schadet niemals, Arbeit immer. (er taumelt.) Herr Störr!

Störr. Unglückskind, was haben Sie?

Gangelb. Mir wird blau — ganz blau.

(Drinnen wird geklingelt, Diener rechts ab.)

Störr. Lassen Sie gut sein, die Gratification, die wir für die heutige Nacht bekommen, wird Ihnen schon wieder aufhelfen.

Gangelb. Ja, die Gratification, die soll auch wieder in einer Nacht durchgebracht werden. Wie gewonnen, so zerronnen.

Störr. So seid Ihr jungen Leute, Alles durchbringen, an die arme Mutter wird gar nicht gedacht.

Gangelb. Ich habe ja nie eine gehabt.

Störr. Nie eine gehabt? Was sind Sie denn dann für ein Mensch!

Gangelb. Ein Findling.

Diener (erscheint unter der Thüre rechts, er trägt ein Kaffeebrett). Herr Störr, ich bitte.

Störr (nimmt Bücher und Papiere und geht damit rechts ab).

Gangelb. Ah! (sinkt in ein Fauteuil). Jetzt wird mir grün — ganz grün.

Diener. Vielleicht ein Glas Wasser gefällig?

Gangelb. Geben Sie (schenkt sich aus der Caraffine ein Glas voll.) Es ist entsetzlich, die ganze Nacht nichts als Ziffern und Ziffern und schwarzen Kaffee. Ah! (trinkt.)

Zweite Scene.

Vorige, Störr zurück, Frank.

Störr (der vorausstrabt, hat unter beiden Armen Bücher und Papiere und zwischen den Fingern der rechten Hand einen Pack Banknoten).

Diener (geht sofort mit dem Kaffeebrett links ab.)

Gangelb. (in der einen Hand die Flasche, in der andern das Glas, verbeugt sich verlegen). Guten Morgen!

Frank (auf die Banknoten deutend). Das deckt den Bedarf (auf die Bücher.) und wegen dem Andern verlasse ich mich ganz auf Sie.

Störr. Danke für das Vertrauen, Herr Chef. Gehorsamer Diener!

Frank. Guten Morgen! (er tritt etwas in die Thüre rechts zurück.)

Störr (ist mit Gangelberger an die Thüre links gelangt). Ja — wer soll denn nun die Thüre aufmachen?!

Gangelb. Ah ja (um eine Hand frei zu bekommen, zwängt er das Glas in die Rocktasche Störr's und öffnet sodann die Thüre.)

Störr (wüthend). Herr Gangelberger, das wird Ihnen keine guten Früchte tragen.

Gangelb. (im Tone bescheidensten Einwandes). Ein Glas trägt überhaupt keine, Herr Störr.

(Beide ab.)

Dritte Scene.

Frank dann **Gustav.**

Frank (tritt vor, er sieht sehr angegriffen aus). Hier ist's luftiger. Ah, das macht dort die zerbrochene Scheibe, noch von gestern her. Von gestern. Ich habe da einem Menschen opponirt, den ich wie einen Ball selbst in die Richtung gestoßen, in der er mir nun zuwider läuft. Es überkommt mich wie eine Empfindung des Unrechts. Es ist das ein recht unangenehmes Gefühl. Pah, ich werde auch darüber wegkommen.

Gustav (von links). Guten Morgen, Vater.

Frank. Dir einen besseren. Ich verbrachte eine üble Nacht.

Gustav. Ein Anderer auch.

Frank. Du?

Gustav. Nein, Kammauf.

Frank. Kammauf? Wie kommst Du auf den?

Gustav. Er wurde heute Nachts von unseren Hauswächtern ergriffen, eben als er sich in eines der Magazine schleichen wollte, er führte eine große Kanne Petroleum mit sich und leugnet gar nicht, daß er die Absicht hatte, Brand zu legen.

Frank. Alle Teufel!

Gustav. Die Leute wollten uns nicht allarmiren, sie nahmen ihm daher vorsichtshalber das Feuerzeug ab und sperrten ihn in eine leere Kammer. Was sollen sie nun mit ihm beginnen, sollen sie ihn der Behörde ausliefern?

Frank. Nein. Man würde vielleicht doch in gewisser Weise Partei nehmen und mir den Vorwurf machen, die Sache selbst bis auf's Aeußerste getrieben zu haben, das will ich mir ersparen. Sie sollen den verrückten Menschen heraufbringen, ich will selbst mit ihm reden und sehen was zu thun ist.

Gustav. Gut. (Es klopft.) Herein!

Vierte Scene.

Vorige. Rankenstein.

Gustav. Ah, Großpapa!

Graf, Guten Morgen! (zu Frank.) Guten Morgen! (schütteln sich die Hände.)

Gustav. Also soll er herauf?

Frank. Ja!

Gustav (links ab).

Graf. Er? Wer ist das?

Frank. Kammauf. Denken Sie, er wollte mir diese Nacht die Fabrik anzünden.

Graf. So? Nun, da haben Sie Ihren unschädlichen Narren.

Frank. Ja, es sieht sich jetzt anders an. Sagen Sie, Herr Schwiegervater, hat etwa Ihr früher Besuch einen besonderen Grund?

Graf. Nein, die Unruhe trieb mich her, die gestrige Geschichte hat Sie angegriffen, wie ich merke.

Frank. Ich leugne es nicht.

Graf. Was gedenken Sie nun zu thun?

Frank. Ich bin nicht mit mir einig geworden und diese Kammauf'sche Angelegenheit zieht mich vollends davon ab. Ich muß erst aus dem Menschen herausbringen, ob er angestiftet wurde oder aus eigenem Antriebe handelte.

Fünfte Scene.

Vorige. Gustav zurück. **Kurz** und **Söld** führen **Kammauf** herein. Letzterer hält sich steif und schleppt eine große Petroleumkanne mit, um welche er beide Arme geschlungen hat, an jedem derselben hält ihn ein Wächter mit beiden Fäusten fest.

Kurz. Küß' die Hand, Euer Gnaden!

Söld. Da ist er.

Frank. Laßt' ihn los.

Söld. Loslassen?

Frank. Nun ja.

Kurz. Loslassen? Du, Söld, wie werden wir denn das machen? Weißt was, halt' Du ihn auf Deiner Seite fest und ich laß' ihn auf der meinen aus.

Söld. Ja, warum soll denn gerad' ich ihn festhalten und Du ihn auslassen? Kann ja auch ich ihn auslassen und Du haltst ihn fest.

Kurz. Ja weißt, jedenfalls vergreift er sich zuerst an dem, der ihn noch festhalt', darum ist mir lieber, der bist Du.

Söld. Ich dank' schön.

Kurz. Oder lassen wir ihn zugleich los, über Zwei kann er doch nicht mit einmal herfallen.

Söld. Gilt schon.

Kurz. Aushalten! Nit so jäh! Ich werd' bis drei zählen. Eins, zwei, drei! (lassen Kammauf frei und springen zur Seite)

Kammauf (bleibt unbeweglich stehen).

Söld. Er fällt ja über gar Niemand her.

Kurz. Hab's eh' g'sagt.

Frank. Jetzt macht, daß Ihr fortkommt!

Kurz. Fortgeh'n sollen wir?

Söld. Soll'n wir einen Wachmann schicken?

Frank. Nein. Das Ganze war vorher abgekartet, um Eu're Wachsamkeit zu prüfen.

Kammauf. Nein!

Frank. Still! Geht!

Kurz. Abgekartend? Du, Söld, glaubst's Du's?

Söld. Ist ganz gleich. Wo kein Kläger ist, ist kein Richter. Es heißt, es war abgekartend, so war's abgekartend und geht uns weiter gar nichts an. Küß' die Hand!

Kurz. Küß' die Hand. Dös war sein Lebtag nicht abgekartend!

(Beide links ab.)

Sechste Scene.

Rankenstein, Frank, Gustav, Kammauf.

Kammauf (ganz verwildert, mit wirrem Haar, blickt auf). Nun was soll's?

Frank (zeigt auf die Kanne). Setzen Sie das weg.

Kammauf. Diesen Verjüngungstrank des vermorschenden Geschlechtes, der noch die Wiedergeburt mit feurigen Zungen predigen wird? Niemals!

Frank (hat einen Gang durch's Zimmer gethan, jetzt zu Kammauf herantretend). Sie wollten mir die Fabrik anzünden?

Kammauf. Ja.

Frank. Wer hat Ihnen diesen entsetzlichen Vorsatz eingeflößt?

Kammauf. Eingeflößt? Gestern konnten Sie von Einflößungen reden. Heute bin ich noch nüchtern.

Frank. Kam Ihnen das aus Eigenem?

Kammauf. Ja. Ich habe es satt, für einen unschädlichen, amüsanten Narren zu gelten.

Frank. Und wollten darum zu einem bösartigen werden? Kammauf, haben Sie denn kein Gewissen?

Kammauf. Gewissen? (kurz auflachend.) Haha! Gibt's nicht!

Frank. Keine Gottesfurcht?

Kammauf (wie eben.) Haha! Gibt's nicht?

Frank. Kein Pflichtgefühl gegen die Andern?

Kammauf. Pflicht? Haha! Gibt's nicht!

Frank (ungeduldig). Was gibt es denn?

Kammauf. Gar nichts, gar nichts gibt es. Ich habe mir das überlegt, es ist comoder so. — Mein Vater war ein ehrlicher Mann, meine Mutter eine fromme Frau, meine Schwester ein unschuldiges Mädchen, da haben Sie Pflichtgefühl gegen Andere, Gottesfurcht und Gewissen. Mein Vater starb im Armenhaus, meine Mutter mußte sich für uns Kinder zu Tode arbeiten, meine Schwester kam zur — Cavallerie! — Bleiben Sie mir mit allen veralteten Traditionen vom Leibe, das greift bei mir nicht an, denn — so wahr ein Gott lebt! — ich bin Atheist!

Frank. Sind Sie klug? Halten Sie es übrigens damit wie Sie wollen, ich glaube nicht, daß Gott ein besonderes Gewicht auf Ihre Anerkennung legt. Mit dem Himmel sich abzufinden, mag einem Jeden überlassen bleiben, aber auf Erden fügen Sie sich hübsch vernünftig in die althergebrachte Ordnung.

Kammauf. Die muß eben wieder weggebracht werden.

Frank. Sind Sie denn ganz? (deutet auf die Stirne.)

Kammauf (stolz). Ganz — nicht halb!

Frank (zum Grafen gewendet). Da rede ein Anderer.

Kammauf. Verlang' ich's? Bin ich Zwiegespräch's halber hier? Nein. Wo ist der Wachmann?

Frank. Ich habe keinen rufen lassen, ich werde keine Anzeige gegen Sie erstatten.

Kammauf (folgt ihm nach). Glaubst Du, Tyrann, daß ich Dir diese Großmuth danke? Nein! Ich gebe mich selbst an.

Frank. Kammauf, wollen Sie denn wirklich für die menschliche Gesellschaft verloren gehen?

Kammauf. In ihrer jetzigen Formation frage ich gar nicht nach ihr. Glauben Sie, daß sie wirklich so menschlich ist? Ich nicht. Uebrigens soll sie mich ja behalten und das ganz ordentlich. Es gibt jetzt zwei Institute, wo die Menschen vorübergehend menschlich gegen Ihresgleichen sind, Spitäler und Gefangenhäuser! Eins der Letzteren geh' ich jetzt probiren. Gehorsamer Diener: (links ab.)

Frank (halblaut). So hätte mir auch der Andere gegenübertreten können. Verworren und verzerrt! — Gustav, es sind wohl noch Arbeiter im Hause?

Gustav. Ja.

Frank. Ist Bergauer darunter?

Gustav. Er sorgt, daß Alles in Ruhe verläuft.

Frank. Ich lasse ihn heraufbitten.

Gustav. Auch sie ist mit.

Frank. Das Mädchen? Er mag es mitbringen.

Gustav (freudig). Vater!

Graf. Bravo!

Frank. Sparen Sie Ihren Beifall und Du gib Dich nicht voreilig einer freudigen Hoffnung hin, so weit sind wir noch nicht! Geh —

Gustav (ab.)

Siebente Scene.

Mankenstein und Frank.

Graf. Sie werden doch nicht die Absicht haben, ihm zu sagen —?

Frank. Sie errathen mich. Ich mag für heftig und ungestüm gelten, aber über das Gefühl eines begangenen Unrechts komme ich nicht hinweg, es drückt mich das schwerer als manchen Andern.

Graf. Doch wollen Sie auch aus solchem Anlaß heftig und ungestüm handeln und werden Alles verderben. Lassen Sie die Sühne vorangehen und kommen Sie mit dem Geständniß hinterher, — später, —

Frank. Später, könnte zu spät sein. Soll das Ganze einem listigen Handel gleichen? Ob der Mann mir fern bleibt oder nahe kommt, zwischen uns muß Alles glatt und ausgeglichen sein.

Graf. Bedenken Sie aber, — daß der Mann auch nur ein Mensch ist.

Frank. Ich muthe ihm nicht zu, mehr zu sein. Ich habe Alles bedacht.

Graf. Alt genug wären Sie dazu.

Frank (greift nach der Uhr). Herr Schwiegervater!

Graf (ärgerlich). Ei, lassen Sie stecken.

Frank. Sie kommen.

Achte Scene.

Vorige. Gustav, Bergauer, Johanna.

Berg. Hat es solche Eile, Herr Buchhalter? — Guten Morgen!

Frank. Guten Morgen! — Ist das Ihre Tochter?

Berg. Meine Tochter.

Frank. Ein hübsches Mädchen. — Sind noch Viele an der Casse?

Berg. Nein, nur mehr Einige.

Frank. Ich wollte Euch nicht chikanieren, was die Auszahlung der Rückstände anlangt und habe diese sofort verfügt.

Berg. Wir erkennen's an.

Frank. Setzen Sie sich!

(Beide nehmen Platz, fast durch die ganze Breite der Bühne getrennt.)

Berg. Herr, ich habe zwar keine Arbeit zu verrichten, aber auch — und eben deshalb — keine Zeit zu verlieren.

Frank. Gleich (sieht ihn eine Weile an). Es waltet ein eigenes Schicksal über uns. Wir stehen uns nicht das erste Mal im Leben gegenüber.

Berg. Mag sein, Herr. Man besinnt sich nicht gleich auf jedes Gesicht.

Frank. Auf meines würden Sie sich besinnen, wenn Sie mich erkannt hätten.

Berg. Wann war das?

Frank. Vor achtzehn Jahren.

Berg. (fährt zurück, dann aufschreiend). Wo?

Frank. Auf dem Feuerwerksplatz.

Berg. (vom Sitze empor.) Ah! Allmächtiger Herr und Gott! — Sie? — Sie?! Und nichts zur Hand — nichts! Wehrlos und ohnmächtig wie damals!

Frank (hat sich gleichfalls erhoben). Bergauer, ich gab mich Ihnen nicht zu erkennen, um Sie zu reizen oder zu demüthigen. Ich sagte es, damit ich es los werde. Ich handelte damals im Taumel nach einem nur zu fröhlich verbrachten Tage. Es war eine Rohheit. Vergeben Sie mir und ich will . . . .

Berg. Haha! Vergeben Sie! Wie leicht sich das sagt und wie schön das klingt — nach achtzehn Jahren. Bleiben Sie mit Ihrer Hand weg, zwischen uns liegt ein Grab und darinnen ein Weib, das ich sehr lieb hatte. — — Wollen Sie aber mit mir quitt werden, wie ich mir's träumte, wenn es sich einmal so fügen sollte, wie eben, dann gestatten Sie, daß ich Sie in's Gesicht schlage, wie Sie mich geschlagen haben.

Frank (fährt auf und faßt krampfhaft nach der Lehne des zunächststehenden Stuhles, dann mit Ueberwindung.) Sie hörten mich nicht bis zu Ende. Der Zufall ließ mich feindlich eingreifen in Ihre Vergangenheit. Er läßt mich jetzt Ihnen Ersatz bieten für die Zukunft. Ich wollte die Hand Ihrer Tochter für meinen Sohn.

Berg. Ah! Spaß!

Frank. Heiliger Ernst!

Berg. Ob Spaß, ob Ernst, mir nimmt's den Schimpf nicht ab. Warum, da ich mit brennendem Gesicht und zuckendem Arm neben Ihnen stehe, verlangt Sie's plötzlich nach einer anderen Hand, wo Sie die meine so nah haben?!

Gustav (stürzt dazwischen).

Frank. Zurück, Krauskopf! (auf Johanna deutend, welche die Hände vor's Gesicht schlägt.) Dorthin! Das weiße Haar — laßt neben mich — das weiße Haar! (immer Bergauer im Auge haltend, faßt er nach der Hand des hinzutretenden Grafen.)

Graf (drückt ihm die Hände). Um der Kinder Willen, wack'rer Freund!

Frank (tritt bleich vor Aufregung ganz nahe an Bergauer heran, mit zitternder Stimme). Als ich die Hand gegen Sie erhob, wußte ich nicht, wie weit der Streich treffen konnte, zu dem ich ausholte, Sie aber können ihn nur führen im vollen Bewußtsein, wohin er trifft und was Sie damit zerstören. — Führen Sie ihn.

Berg. (tritt ergriffen von ihm Schritt auf Schritt zurück). Das hat Sie viel gekostet, Herr — das hat Sie viel gekostet!

Frank. Es hat.

Berg. Ah, Hanne, mein Kind! (er umarmt Johanna und bricht in Thränen aus.)

Frank (hinzutretend). Bergauer!

Berg. O, Ihr kennt uns nicht, wir sind wild, wo man uns mit Füßen tritt, aber lenksam unter gerechten Händen, doch wo Ihr uns mit Großmuth beschämt, da werden wir weich. Ihre Hand, Herr! (auf Johanna.) Die soll es wett machen.

Frank (die Hand auf ihren Scheitel legend). Sie wird es. — Gustav, Du wirst mit den Arbeitern Alles in's alte Geleise bringen. Ich verlasse Wien und überlasse Dir die Fabrik, wenn Du verheiratet bist, soll sie ganz Dein Eigen sein; Du wirst an dem Vater Deiner Frau einen getreuen Rathgeber haben, er wird unparteiisch wachen, über das Wohl der Arbeiter und unserer Enkelkinder.

Berg. (hat die Hände Gustav's und Johannens ineinandergelegt, tritt jetzt in die Mitte). Darauf verlaßt Euch! Jedem das Seine, doch Jedem etwas, daß nicht tausend Keime verkümmern und verkrümmen, daß Jeder werden mag, was an ihm liegt und man von den Hütten neidlos nach Euren Palästen ausblicke, Das wollen wir anstreben in ehrlicher Arbeit und in Eintracht.

Frank. In ehrlicher Arbeit und in Eintracht.

Graf. Ei, allen Respect vor Ihrer Geschäftsreise nach Wien. Es ist ein vortrefflicher Handel, den Sie da nach Ihrem Herzen schlossen, denn ehrliches Entgegenkommen scheut man sich zu mißbrauchen.

Gruppe. Actus.

Ende.

Druck von J. G. Fischer & Comp. Wien.

www.ingramcontent.com/pod-product-compliance
Lightning Source LLC
Chambersburg PA
CBHW030026030726
47499CB00008B/3144
* 9 7 8 3 7 4 3 6 4 4 0 7 6 *